Unzucht

JAN OFF
UNZUCHT

ventil

Jan Off: geb. im Jahre des Herrn 1967 in Nischni Nowgorod ; Mitglied im Vereinsvorstand von Traktor Tscheljabinsk; Bachmannpreisträger der Herzen; zurzeit in Hamburg ansässig.

www.jan-off.org

2. Auflage 2009
ISBN 978-3-931555-63-4

Lektorat: Ingo Rüdiger
Gestaltung/Satz: Oliver Schmitt
Backcover unter Verwendung eines Fotos von Lucja Romanowska
Druck: Gemi s.r.o., Prag

Ventil Verlag
Augustinerstraße 18, 55116 Mainz
www.ventil-verlag.de

Für Eva Maria H. und ein, zwei andere, die vieles nicht begreifen konnten. Und für Sanne natürlich.

»I don't give a damn for my reputation!«
Joan Jett

»I don't give a fuck! I dont't give a shit!
Fuck! Shit! Fuck! Shit!«
Peaches

I

Der Strahl, der in kurzen Intervallen auf den Kiesweg trifft, ist überraschend durchsichtig, das Fleisch ihrer Schenkel viel zu weiß angesichts der Tatsache, dass der Sommer nicht erst gestern begonnen hat. Ich sehe ihr zu, verfolge das Schauspiel mit starrem Blick, wohl wissend, dass Offenbarungen dieser Art viel zu selten vorkommen, und ziehe wie blöd an meiner Kippe.

Sie hockt da keine zwei Meter von mir entfernt, den Rock über die Hüften, den Slip den entscheidenden Zentimeter zur Seite geschoben. Und während der Inhalt ihrer Blase aus ihr herausströmt, sieht sie mich unverwandt an, wobei ihre Lippen von einem Lächeln umspielt werden, das ebenso unschuldig wie aufreizend wirkt. Und genau diese Mischung ist es, die mich schwach werden lässt, dieser Sprengsatz aus Hilflosigkeit und Verheißung. Noch bevor sie sich wieder erhoben hat, bin ich bei ihr, gehe ebenfalls in die Hocke und lasse meine rechte Hand aus geringer Entfernung von den letzten Tropfen benetzen. Als ich ihr dann zwischen die Beine greife, ist es für meine Finger ein Leichtes, in ihre Spalte zu schlüpfen.

»Komm, fick mich«, flüstert sie, bevor sie mein Gesicht in beide Hände nimmt und anfängt, mich zu küssen.

Aber so geil ich auch bin, aufs Vögeln werden wir verzichten müssen. Ich habe mir zwölf Stunden lang Bier und Schnaps in den Hals gegossen, kann also das Risiko nicht ausschließen, dass sich mein Schwanz nur bedingt bis gar nicht mit Blut füllen wird. Den Zustand rauschbedingter Selbstüberschätzung, in dem derlei Sorgen keine Rolle spielen, habe ich bereits weit hinter mir gelassen. Dafür bin ich wieder bei Bewusstsein, was zwischenzeitlich nicht immer der Fall gewesen sein mag. Daran, wie wir hierher geraten sind, fehlt mir zum Beispiel jede Erinnerung.

Ich war mit Freunden unterwegs gewesen, sie ebenfalls, und in irgendeinem Club waren wir dann aufeinandergetroffen, hatten getanzt, und da hatte das mit dem Küssen wohl angefangen. Im fahlen Licht der Morgendämmerung waren wir schließlich in diesem Park gelandet, hatten uns auf einer Bank breitgemacht und uns eine Flasche Bier geteilt, die einer von uns an den Türstehern vorbeigeschmuggelt haben musste.

»Warte, ich geh mal pissen«, hatte sie irgendwann gesagt, und ich hatte halb im Scherz entgegnet, dass sie mich dabei zusehen lassen sollte.

Das feuchte, geschwollene Fleisch, der Schmierfilm, die Wärme, die Beschleunigung ihres Atems – ungeachtet der Erkenntnis, dass die Lust, die mein Hirn beherrscht wie ein Tumor, keine körperliche Befriedigung finden wird, können meine Hände nicht damit aufhören, sich kundig zu machen. Ich muss das hier ohnehin zu Ende bringen, muss zusehen, dass ich aus der Geschichte halbwegs ansehnlich herauskomme. Also verändere ich den Druck, verändere die Geschwindigkeit, versuche um jeden Preis Wirkung zu erzeugen. Und dann stöhnt sie plötzlich laut auf, und dieses Geräusch lässt aus der trüben Suppe, die in meinem Denkapparat nach wie vor herumschwappt, einen Brocken Information an die Oberfläche steigen, der sich besser in den Grund gekrallt hätte: Das Mädchen, das sich da gerade an den Fertigkeiten meiner Finger erfreut, hat einen Freund – ein Freund, der dummerweise auch mein Freund ist.

Jonas. Jonas und Rike. Ihn kenne ich aus einer Zeit, in der der Begriff Zukunft noch keinerlei Bedeutung besaß, sie seit dem Tag, an dem er sie mir vorgestellt hat, seit ungefähr fünf Jahren also – und genauso lange begehre ich sie auch. Ein stilles Verlangen, immer wieder beiseite gedrückt von der Unmöglichkeit, die Folgen eines derartigen Verrats ohne bitteren Beigeschmack zu ertragen. Und auch jetzt will das Über-Ich sein Schandmaul nicht halten, flüstert mir mit belegter Stimme Verhaltensregeln ins aufgepeitschte Hirn. Also löse ich mich von ihr, bringe mein Gesicht aus der Reichweite ihres Mundes.

»Ich muss nach Hause. Meine Freundin ...«

Sie sieht mich eindringlich an.

»Das meinst du nicht *ernst*, oder?!«

»Ich bin ohnehin zu breit für was Sinnstiftendes.«

»Okay.« Sie erhebt sich überraschend leichtfüßig und beginnt, ihre Kleidung in Ordnung zu bringen.

Ich kauere noch immer am Boden, nun aber mit einem Gefühl, das dem eines besiegten Faustkämpfers gleichkommt. Gier und Übermut sind der Scham gewichen. Und ein Zurück gibt es nicht mehr. Rikes Gesichtsausdruck verrät allzu deutlich, dass sie für weitere Mätzchen nicht zu haben ist.

»Na, dann los. Lass uns abhau'n«, sagt sie und hat bereits eine Kippe in der herablassenden Madonnenschnute.

Ein Stück des Heimwegs müssen wir uns teilen, und ich will das schon als zusätzliche Prüfung begreifen, aber dann sagt sie etwas, das mich die Niederlage in einem ganz anderen Licht sehen lässt.

»Hör mal, ich bin mit Jonas jetzt fünf Jahre zusammen. Da läuft sexuell nicht mehr viel. Jedenfalls nichts Spannendes. Es würde einfach albern wirken, wenn er mich fesseln würde, oder irgendwas in der Art.«

»Ja, und?«

Sie lacht.

»Du hast keine Ahnung, worauf ich hinaus will, oder?«

»Doch«, sage ich, weil mir bereits dämmert, welchen Köder sie mir gleich ins Fangeisen schmeißen wird.

Als sich unsere Wege trennen, habe ich nicht nur die Nummer ihres Ateliers in der Tasche, sondern auch das Versprechen abgegeben, mich so schnell wie möglich bei ihr zu melden.

Zu Hause angekommen, robbe ich an den warmen Arsch meiner Freundin und verabreiche mir die nötige Überdosis Schlaf. Aber das heilsame Vergessen währt gerade mal bis zum Aufwachen. Noch bevor ich mir die erste Kippe angesteckt habe, drängt sich bereits die Erkenntnis in mein Bewusstsein, dass irgendwo in meinen Klamotten ein verheißungsvoller Zettel steckt.

Die nächsten zwei Nächte schlafe ich schlecht bis gar nicht. Wieder und wieder läuft das, was im Park geschehen ist, auf meiner inneren Leinwand ab. Wieder und wieder male ich mir aus, was sonst noch möglich wäre. Und irgendwann ist klar: Ich *muss* da anrufen.

»Wir treffen uns am Zoo«, sagt Rike. Und ich weiß, dass ich meiner Freundin gleich eine Lüge auftischen werde.

Zum verabredeten Zeitpunkt ist sie tatsächlich da, sieht mit ihren Dreadlocks, dem kurzen Rock und den Armeestiefeln nicht minder überirdisch aus, als in jeder der ungezählten Rollen, die ihr mein persönlicher Pornoproduzent in den letzten Nächten zugewiesen hat.

Wir fahren raus aus der Stadt und ich rede mich um Kopf und Kragen, will ihr wortreich klarmachen, dass das, was wir vorhaben, niemals, noch nicht mal ansatzweise stattfinden darf, fasle von Freundschaft und anderen moralischen Verpflichtungen und weiß doch, dass sie mich nur berühren muss, um jeden meiner Sätze als gequirlte Scheiße zu entlarven.

Seltsamerweise versucht sie nicht, mir zu widersprechen.

»Fahr da rein«, sagt sie stattdessen, als mir endgültig nichts mehr einfällt, und zeigt auf einen Waldweg kurz vor uns.

»Hör mal, wir sollten ...«, versuche ich ein letztes Mal zu protestieren, nachdem ich den Wagen von der Straße gelenkt und nach circa zweihundert Metern zum Stehen gebracht habe. Aber sie legt mir einen Finger auf die Lippen und bringt mich zum Schweigen.

Und dann ist sie draußen, läuft nach vorn zur Motorhaube, dreht sich zu mir und lässt den Saum ihres Rocks langsam in Richtung Bauchnabel wandern. Dass sie kein Höschen trägt, hatte ich fast erwartet, dennoch melkt mir der Anblick ihres bloßen Geschlechts augenblicklich die Hirnschale leer. Vollständig rasiert bietet es sich dar, unschuldig und vulgär zugleich. Ich versuche ihren Gesichtsausdruck zu deuten, will herausfinden, was sie jetzt von mir erwartet. Aber ihre Lider sind so weit geschlossen, dass ich ihre Pupillen nicht erkennen kann. Zum Glück hält die Irritation nicht lange vor, denn plötzlich dreht sie sich um, stützt sich mit beiden Händen auf dem Blech ab und schiebt ihren Hintern so weit nach oben, dass sie bequem die Beine anwinkeln kann. Zeit, ebenfalls auszusteigen.

Mit ein paar Schritten bin ich bei ihr, lege ihr die Hände auf die Unterschenkel, in Gedanken schon bei ihren Schamlippen, ihrem flachen Bauch, ihren Brüsten. Aber sie will noch nicht berührt werden.

»Warte«, sagt sie.

Also trete ich einen Schritt zurück, während sie langsam zu masturbieren beginnt. Es ist eher die Peepshow-Nummer, sicher nicht das Programm, das sie sich gönnt, wenn sie mit sich allein ist. Trotzdem ist es intim genug, um diesen Moment mit etwas Heiligem aufzuladen – eine Privatvorstellung; eine Gottesgabe; eine Gnade, für die nicht Wenige ihren

Monatslohn hergeben würden. Und, *hell yeah!*, ich habe noch nicht mal darum *gebeten*.

Während ich den willigen Spanner gebe, drängt meine Erektion unablässig gegen den rauen Stoff meiner Jeans, bis ich gar nicht mehr anders kann, als Knopf und Reißverschluss zu öffnen und meinen Schwanz herauszuzerren. Das Wichsen lindert den durch das Verlangen hervorgerufenen Schmerz, während das Verlangen selbst eine beinahe schmerzhafte Steigerung erfährt. Dennoch koste ich es aus, bewege die Rechte mal schneller, mal langsamer, während mein Langzeitgedächtnis damit beschäftigt ist, das, was ich sehe, unter der Rubrik »Für stille Abende im Seniorenstift« abzuheften. Rike, die irgendwann den Kopf hebt, fixiert mich ebenfalls. Und so geilen wir uns *gegenseitig* auf, geben der Gier auf den anderen die jeweilige Bühne. Der Wunsch, sie zu vögeln, wird übermächtig, aber noch kann ich die Kontrolle nicht aufgeben. Denn bei all ihrer Bereitschaft zur Hingabe scheint das hier auch ein Kampf, mindestens eine Prüfung zu sein. Mein Instinkt sagt mir, dass es ein unverzeihlicher Fehler wäre, irgendetwas an der Situation zu verändern. Schwäche ist definitiv nicht das, was hier von mir erwartet wird. Vielmehr muss ich es so aussehen lassen, als ob ich jederzeit in der Lage wäre, mich kurzerhand umzudrehen und mir im Weggehen eine Kippe anzustecken.

Es ist dann tatsächlich Rike, die das Patt auflöst. Sie gleitet von der Haube, tritt an mich heran und fordert mit leicht geöffneten Lippen einen Kuss ein, während sich ihre linke Hand unter meine Hoden schiebt, als ob sie deren Gewicht prüfen wolle. Ich würde sie lieber *sofort* ficken, aber jetzt führt kein Weg mehr daran vorbei, dass sie mir vorher einen bläst. Denn Rike ist ein modernes Mädchen und will das auch zeigen.

Immerhin bietet auch die *Führerperspektive* was fürs Auge: Rikes fein geschnittenes Gesicht verleiht meinem Schwanz etwas Bösartiges. Ich greife ihr in die Haare, habe dabei aber weder die Absicht, ihren Rhythmus zu verändern, noch ihren Kopf näher heranzuziehen. Ich will einfach nur einen leichten Schmerz erzeugen. Müßig darüber nachzudenken, ob gerade dieser Impuls dafür verantwortlich ist, dass sie plötzlich den Blick hebt. Als sie mich ansieht, ist da jedenfalls nichts Echtes mehr in ihren Augen, und ich muss unweigerlich an eine Frau denken, mit der ich ein paar Jahre zuvor zu tun hatte. Dieser einstudierte Gesichtsausdruck; dieses Kuhäugige; das komplette Wegblenden der eigenen Persönlichkeit; der Ingrid-Steeger-Schmollmund des aktuellen Jahrzehnts, abgekupfert aus den Videocharts irgendeines Musikkanals. Ich sehe Sequenzen aus schlüpfrigen Siebzigerjahre-Streifen, sehe fleischfarbene Unterwäsche, sehe alte Quelle-Kataloge vor mir, während diese nervtötende Stimme aus meiner Vergangenheit in einer Tour *komm mach's mir, Baby* greint. Und dann schiebt sich mit einem Mal Jonas' Gesicht hinter meine Pupillen, und ich weiß, dass das hier nicht funktionieren wird. Ich ziehe meinen Schwanz aus Rikes Mund, verstaue ihn wieder in der Hose und greife dann tatsächlich nach einer Kippe.

Die Rückfahrt dehnt sich ins Unendliche; eine zermürbende Patrouille durch den feindlichen Stacheldrahtverhau. Zu sagen gibt es nichts mehr. Rike bläst ihre Verachtung in lang gezogenen Schwaden gegen die Windschutzscheibe, will nur noch nach Hause, meine Existenz am liebsten vergessen. Ich lasse immer mal wieder Verlegenheit aufblitzen und muss dafür noch nicht mal Schauspieltalent aufbieten. Hauptsächlich aber halte ich an der lachhaften Tarnung als konzentrierter Fahrer fest. Als sie endlich aus dem Wagen steigen kann, ist nichts mehr übrig, jeder Regler zurückgefahren. Es reicht noch nicht mal für ein Knallen der Tür.

Mir bleiben ein halbseidenes Gefühl moralischer Unbescholtenheit und eine anhaltende Unruhe. Längst vergessen geglaubte Bilder tauchen auf, beherrschen meinen Alltag, beherrschen die allabendlichen Stunden der Zweisamkeit, stetig gefüttert von der Macht der Möglichkeiten.

Keine drei Wochen später habe ich meine Freundin verlassen.

II

Mein Verleger macht Druck, nervt mit wöchentlichen Anrufen und E-Mails, die ihrerseits mit abgehangenen Lügen von Ruhm und Reichtum nerven. Dreihundert Seiten, am besten *bis vorgestern*. Aber Schreiben ist ein Job für Lebensverweigerer, ist Weltflucht und Maulheldentum. Was ich brauche, ist Zerstreuung, ist die Verschwendung meiner selbst, also zigeunere ich nächtelang durch den öffentlichen Raum, schalte auf Autopilot, meist mit vernebeltem Bewusstsein. Zwischendurch hänge ich stundenlang vorm TV, bereite der Langeweile ein Festmahl, zelebriere die wiedergewonnene Entscheidungshoheit.

Wenn ich kein Mädchen kennen lerne, erscheinen mir die Streifzüge durch die immergleichen Clubs umsonst und sinnentleert. Und so bin ich auch um sechs Uhr morgens noch im Bereitschaftsdienst, darauf geeicht, mir aus den Restposten ein Schnäppchen herauszupicken. Wenn ich Kokain dabeihabe, schlüpfe ich bereitwillig in die Rolle des Spendieronkels. Die Beute ist entsprechend. Geschlechtsverkehr (so er denn überhaupt stattfindet) eher eine Frage des Anstands als der Lust. Krampf und Versagen, psychische Probleme, konsequentes Aneinandervorbeireden, wiedergekäute Lebensgeschichten, drogengesteuerte Hysterie. Nach dem Erwachen regelmäßig ein Grauschleier auf dem unappetitlichen Reiskorn namens Seele.

Ein paar Unentwegte suchen dennoch Kontakt, fordern ein Wiedersehen ein. Ich verweigere mich selten, nehme auch das mit, sammle die Briefe, die Mails und die Mixtapes wie der Star, der ich gern wäre. Mir zugedachte Fotos klebe ich, so sie halbwegs ansehnlich sind, an die Tapete, um zukünftigen Eroberungen von vornherein klarzumachen, dass Monogamie woanders stattfindet. Die, die wiederkommen, sind denn auch entsprechend abgebrüht, genauer: schon so durchgeknallt, dass sie die Außenwelt nur noch eingeschränkt zur Kenntnis nehmen. Unangefochtene Spitzenreiterin in dieser Liga ist eine Psychologiestudentin namens Nadine, die sich, bevor sie das Haus verlässt, regelmäßig mit Psyllos und Hartalk abfüllt.

Der Sex mit ihr war schon während unserer ersten Begegnung erbärmlich und ist mit zunehmender Häufigkeit nicht besser geworden. Zwar dauert es normalerweise keine fünf Minuten, bis sie ausgezogen auf meinem Bett liegt, dann aber sinkt ihre Bereitschaft sich zu bewegen schlagartig gegen Null. Leblos wie ein Molch, der in einen Kübel mit Eiswasser geworfen wurde, klebt sie auf den Laken und stiert verpeilt an die Zimmerdecke. Wenn ich sie ficke, deutet nichts darauf hin, dass sie daran auch nur einen Hauch von Freude empfindet, und es wundert mich jedes Mal, dass sie zwischendurch nicht einfach die Glotze anwirft oder anfängt, sich in aller Seelenruhe die Fingernägel abzukauen. Sie bleibt so stumm wie ein Mossad-Agent, der sich den Foltermethoden eines Anfängers gegenübersieht, und lässt noch nicht mal die Vorstufe eines Orgasmus erkennen, auch nicht, als ich sie irgendwann dazu überreden kann, es sich während einer unserer sinnentleerten Nummern mit den Fingern zu machen.

Im krassen Gegensatz zur Freudlosigkeit dieser Zusammenkünfte steht die Beharrlichkeit, mit der sie mich aufsucht. Zumeist trifft sie in den frühen Morgenstunden bei mir ein und klingelt so lange Sturm, bis ich den Türöffner betätige. Eine Zeit lang probiere ich es mit Ausflüchten, behaupte, ich sei am Arbeiten oder hätte schon geschlafen. Aber sie quengelt jedes Mal so lange und so lautstark im Treppenhaus herum (*Komm. Nur fünf Minuten. Nur auf 'ne Kippe. Ich hab mir extra 'n Taxi genommen. Außerdem geht's mir heute nicht gut. Ich hatte ganz komische Träume gestern Nacht ...*), bis ich sie entnervt hereinbitte. Aus einem widersinnigen Ehrgeiz heraus hänge ich mich beim anschließenden Sex richtig rein. Aber wenn ich ihr dann auf den kalten, abweisenden Kabeljau-Bauch gespritzt habe, ohne dass sie bis dahin auch nur eine Regung gezeigt hätte, ist der sportliche Antrieb schon wieder verflogen. Zum Glück schläft sie danach ziemlich schnell ein. Dafür braucht es nach dem Aufwachen wieder einiges an Energie, bis ich sie endlich aus der Wohnung bugsiert habe. Um diesen Vorgang zu beschleunigen, geschieht es nicht selten, dass ich das Haus unter irgendeinem Vorwand mit ihr gemeinsam verlasse, mich an der erstbesten Kreuzung wie ein Strauchdieb verabschiede und auf Umwegen in mein leeres Bett zurückschleiche.

Da Nadine zwar mit Abstand die Nervigste, aber bei weitem nicht die Einzige ist, die mir zwischenzeitlich nachstellt, ergreift schon bald eine gesunde Paranoia von mir Besitz. Der Genuss an den eigenen vier Wänden hat gewaltig nachgelassen und so bin ich fortan noch häufiger auf Achse. (Wer hat schon Lust, nächtelang bei ausgeschaltetem Licht durch die eigene Buchte zu huschen?!) Nadine entkomme ich dadurch allerdings nur phasenweise. Denn auch sie ist regelmäßig auf Tour, und es erfordert schon einiges an Wachsamkeit, ihr nicht über den Weg zu laufen. Hat sie mich irgendwo aufgespürt, lässt sie sich kaum noch vertreiben. Entweder drängt sie sich direkt in die Gespräche, die ich führe, indem sie sich unaufgefordert an mich presst, mir Nonsens ins Ohr flüstert und die Umstehenden dadurch irritiert, dass sie sich mit einem Kuli kryptische Zeichen auf die Unterarme malt. Oder sie bezieht irgendwo in der Nähe des Ausgangs Posten, um sich an meine Fersen zu heften, sobald es mich in den nächsten Laden oder sonst wohin treibt.

Als ich bei einer dieser Gelegenheiten versuche, mit einer anderen Frau an ihr vorbeizukommen, bricht der Irrsinn vollends aus ihr heraus.

»Was willst du mit dieser gottverdammten *Fotze*, du mieser Schwanzlutscher?!«, brüllt sie mich an, während sie beinahe zeitgleich meiner Begleiterin das rechte Knie in die Magengrube stößt.

Als die daraufhin stöhnend zusammenknickt, habe ich meine liebe Mühe, Nadine davon abzuhalten, ihrem wehrlosen Opfer nicht auch noch gegen den Schädel zu treten. Dabei kann ich es nicht verhindern, dass sie mir mehrmals die Fingernägel durchs Gesicht zieht. Aber nach einigen Wortwechseln und zwei schnellen *Nasen* auf dem Klo ist es dann tatsächlich wieder Nadine, die ich mit nach Hause nehme.

Ein gutes Leben sieht anders aus. Und in einigen wenigen Momenten dämmert mir das auch – nicht mehr lange, und ich fange selber an, mir kryptische Zeichen auf die Arme zu malen. Trotzdem komme ich nicht raus aus der selbstgebauten Tretmühle. Immerhin bin ich irgendwann so klug, meine Ausflüge in Amüsierbetriebe zu verlagern, die mit der Welt, in der ich mich normalerweise bewege, nur wenig zu tun haben. In einem dieser Etablissements, einem R'n'B-Schuppen mit geistig eher minderbemittelter Klientel, entdecke ich eine Schickse, die einen derart dümmlich-blasierten Gesichtsausdruck zur Schau stellt, dass ich gar nicht anders kann, als sie nach ihrer Telefonnummer zu fragen. Zu meiner Überraschung ziert sie sich nicht eine Sekunde, kritzelt die verlangten Zahlen anstandslos auf einen Bierdeckel.

Noch während ich die leicht durchnässte Pappe mit einem Lächeln in der Hosentasche verschwinden lasse, weiß ich bereits, wie ich sie ins Bett bekommen kann. Ich werde sie ins Spielcasino mitnehmen, sie dort einen Teil meiner Kohle verzocken lassen und danach eine dieser albernen mexikanischen

Cocktailbars ansteuern, die die Oberfläche der City mittlerweile beherrschen wie eine ausgewachsene Schuppenflechte. Den anschließenden Sex sehe ich ebenfalls vor mir: langweilig und borniert wie der Grill-Nachmittag eines anthroposophischen Lehrer-Kollegiums.

Keine fünf Minuten später werde ich ausnahmsweise selbst mal angequatscht, und zwar von einer Frau in meinem Alter (maximal zwei oder drei Jahre jünger), deren legere Klamotten darauf hindeuten, dass sie hier ebenfalls eher selten verkehrt. Sie trägt einen unvorteilhaften Kurzhaarschnitt und albert im Kreis zweier Freundinnen überdreht mit einer Kamera herum.

Ob sie ein Foto von mir machen könne, möchte sie wissen, während ich – eingekeilt von anderen Wartenden – neben ihr an der Theke stehe und vergeblich versuche, einen Drink zu bestellen.

»Klar. Immer gerne«, gebe ich zur Antwort und setze eine Miene auf, die mich möglichst abweisend erscheinen lassen soll.

Sie drückt auf den Auslöser und lacht.

»Lächeln gehört wohl nicht zu deinem Repertoire.«

»Lächeln ist für Sieger«, entgegne ich, und empfinde richtiggehend Genuss an der Peinlichkeit dieser aufgesetzten Aussage.

»Na, vielleicht kann dir ja das Foto ein Schmunzeln entlocken. Wenn du 'nen Abzug haben möchtest, geb ich dir meine Nummer.«

Da mir in diesem Moment endlich die Aufmerksamkeit der Bedienung zuteil wird, verlange ich einen Kugelschreiber zum Campari, hole den Bierdeckel hervor und reiche beides an die Fotografin weiter.

Ich weiß, dass ich sie nicht anrufen werde. Aber warum unhöflich sein …

Am übernächsten Abend ist der Zeitpunkt gekommen, sich mit der Schickse in Verbindung zu setzen. Zu langes Warten bringt nichts ein, höchstens unerfreuliche Gedächtnisverluste der Gegenseite. Ich mache es mir auf dem Bett gemütlich, öffne eine Dose *Wolters* und studiere den Bierfilz: zwei Nummern, eine ohne, eine mit Namen – Vera. Hieß sie so? Ich versuche mich zu erinnern, bin mir irgendwann immerhin sicher, dass ich die entsprechende Frage gestellt und auch eine Antwort erhalten habe, aber damit endet die Bild- und Tonspur bereits; die üblichen Aufzeichnungslücken einer durchsoffenen Nacht.

Nach kurzem Überlegen entscheide ich mich für die Nummer ohne Zusatz. So selbstgefällig, wie sie auf mich gewirkt hat, ist die Braut wahrscheinlich davon ausgegangen, dass ich mir ihren Namen bis ans Ende aller Tage merken würde.

Vier Sekunden später weiß ich, dass ich mir das Nachdenken hätte sparen können. Ich habe die Stimme der *Fotografin* im Ohr. Das freundliche *Ja, hallo?* klingt dermaßen munter und aufgekratzt, dass gar kein Zweifel möglich ist. Ich will schon auflegen, einfach so tun, als hätte ich mich verwählt (und letztendlich habe ich das ja auch), aber dann gewinnen Neugier und Spieltrieb die Oberhand. Die Frage, inwieweit es möglich ist, dieser nahezu unbekannten Frau einen Happen Innenleben, also ein paar Auskünfte in Richtung *gefühlsecht* zu entlocken, übt mit einem Mal einen unwiderstehlichen Reiz aus. Ein Versuch sollte drin sein. Aus der Affäre ziehen, kann ich mich immer noch.

»Ich habe darüber nachgedacht, was ich für dieses Foto verlangen soll«, beginne ich.

»Welches Foto?« Sie sagt das zögerlich, lässt eine Spur Nervosität erkennen. Offenkundig besitzt sie nicht den Hauch einer Ahnung, wer ich bin.

»Das, das du von mir im Velvet gemacht hast.«

»Ach, *du* bist das.« Die Erleichterung ist ihr deutlich anzumerken. »Ich dachte schon, ich hätte irgend'nen Freak in der Leitung.«

»Ist es fertig?«

»Was?«

»Das Bild.«

»Nein, noch nicht.«

»Umso besser.«

»Hey, das meinst du nicht ernst, dass du was dafür haben willst, oder?! Normalerweise werde *ich* für meine Fotos bezahlt.«

»Nein, war nur Spaß. Um ehrlich zu sein, ist mir das Foto scheißegal.«

»Oh.« Sie klingt amüsiert. »Und warum rufst du dann an?«

»Ich hab die Nummer verwechselt.«

»Ach, nee.« Das Spöttische in ihrer Stimme hat zugenommen. Wahrscheinlich hält sie meinen letzten Satz für eine Lüge, einen albernen Vorwand, um die vermeintliche Gier zu verschleiern, mit der ich schon seit zwei Tagen darauf brenne, sie anzurufen.

Zeit, ihr ein bisschen den Wind aus den Segeln zu nehmen.

»Ich hab an dem Abend noch 'n anderes Mädchen kennen gelernt.«

»Und die wolltest du *eigentlich* anrufen, oder was?!« Treffer. Sie ist dabei, wütend zu werden.

»Genau.«

»Dann mach das doch.«

»Keine Lust mehr.«

Kurzes Schweigen, dann ist sie wieder da; ein bisschen versöhnlicher jetzt: »Versteh ich nicht.«

»Ich auch nicht. Aber ich weiß, dass ich jetzt mit *dir* reden möchte.«

»Und worüber?«

»Über dich.«

»Aha ... Dann fang mal an.«

»Bist du allein? In deiner Wohnung, mein ich.«

»Ja.«

»Hast du was zu trinken im Haus?«

Sie lacht: »Ja. Ich hab mir grad 'ne Flasche Wein aufgemacht.«

»Roten oder Weißen?«

»Roten.«

»Trinkst du lieber für dich oder in Gesellschaft?«

»Okay, hör auf.« Sie lacht wieder. »Du kannst vorbeikommen, wenn du Lust hast.«

Ich lasse mir ihre Adresse geben, trinke mein Bier aus und mache mich auf den Weg. Zwischendurch steuere ich einen Kiosk an und nehme zwei Flaschen Rotwein mit. Sicher ist sicher.

III

Sie sieht besser aus als auf dem verschwommenen Phantombild, das mein Gedächtnis im Club angefertigt hat. Deutlich besser. Braungebrannt, barfuß, komplett in Weiß gekleidet – als wäre sie in der Sommerfrische; als wäre der Ort, an dem wir uns befinden, keine der zahllosen Großstadtwaben, sondern ein Apartment mit Blick auf den Strand. Zusätzliche Nahrung erhält diese Sinnestäuschung durch die weingefüllten Gläser und das zur Gänze geöffnete Fenster.

Wir sitzen uns an einem Tisch im Wohnzimmer gegenüber und tauschen unsere geschönten Biographien aus. Sie erzählt von ihren Versuchen, mit dem Fotografieren ausreichend Geld zum Leben zu verdienen, ich steuere ein paar Anekdoten aus der Welt der Aushilfsliteraten bei. Sie trinkt nicht langsamer als ich, und so ist es unausweichlich, dass sie irgendwann das einzige Thema anschneidet, das bei Zusammenkünften dieser Art *wirklich* von Bedeutung ist: die gescheiterten Versuche mit Angehörigen des anderen Geschlechts eine dauerhafte Bindung einzugehen. Ich bin ganz Ohr, bekomme aber nicht sonderlich viel Spannendes zu hören: austauschbare Geschichten, die vom langsamen Auseinanderdriften, von mehr oder minder banalen Interessenkonflikten und enttäuschten Erwartungshaltungen handeln – guter deutscher Durchschnitt eben.

Gelangweilt bin ich trotzdem nicht. Im Gegenteil: Je länger sie erzählt, desto mehr verstärkt sich das Gefühl, dass sie mir nur einen Teil ihrer Persönlichkeit präsentiert. Ihrer biederen Frisur, ihren biederen Geschichten, ihrer vergleichsweise biederen Wohnungseinrichtung zum Trotz blitzt da immer wieder etwas Abenteuerlustiges, etwas Lebenshungriges in ihren Augen auf. Sie gibt sich abgeklärt und tough, wirkt zwischendurch beinahe hochmütig. Aber dieses Image kaufe ich ihr nicht ab. Nicht zuletzt wegen dieses seltsamen Fotos, das die Tapete ihres Badezimmers schmückt. Es zeigt einen kahlköpfigen Jüngling, dessen Brust von zahlreichen Schnitten durchzogen ist. Nur mit einem geöffneten weißen Hemd bekleidet hält er in der Linken eine Rasierklinge, während er mit der Rechten seinen halbsteifen Schwanz umfasst. Keine Ahnung, ob sie das selbst gemacht hat. Keine Ahnung, was *genau* sie den Besuchern ihrer Toilette damit vermitteln möchte. Aber es wird wohl niemanden geben, der sich ein derartiges Motiv an die Wand pinnt, ohne vorher über dessen Wirkung nachzudenken. Möglich, dass es sich um schlichtes Posertum handelt, eine kleine Provokation, um die eigene armselige Persönlichkeit aufzuwerten, aber das glaube ich nicht, nicht in diesem Fall. Dafür kommt der Rest der Wohnung zu unaufgeregt daher. Nein, da muss mehr sein, etwas Abgründiges, etwas, das mir gefallen könnte.

Ich beschließe, es darauf ankommen zu lassen, also so lange zu bleiben, bis sie mich entweder rausschmeißt oder mich wenigstens einen kurzen Blick in die unaufgeräumten Winkel werfen lässt, die ich hinter ihrer *Fit for fun*-Fassade vermute.

Bis dahin gibt es für mich nichts zu tun, als weiter zu trinken, weiter zu rauchen und hin und wieder einen aufmunternden Kommentar einzustreuen. Äußerlich ändert sich also nichts an meiner Rolle als interessierter Besucher, in meinem Inneren dagegen wird ein Mechanismus wirksam, der sich bereits bei ähnlichen Gelegenheiten als hilfreich erwiesen hat. Meine Begierde verkriecht sich hinter einer Fassade distanzierter Förmlichkeit. Nichts in meiner Haltung wird ab sofort darauf hindeuten, nichts von dem, was ich sage, verraten, was mich wirklich umtreibt.

Als sie irgendwann Hildegard Knef auflegt, scheint das Manöver aufzugehen. Abgedroschener kann der versteckte Wunsch nach Nähe kaum formuliert werden. Trotzdem gebe ich meine Zurückhaltung nicht auf, treibe sie vielmehr auf die Spitze, indem ich mich, noch bevor wir die letzte Flasche angebrochen haben, zu verabschieden beginne.

»Ich denke, ich werd dann langsam abhau'n.«

Sie zögert, sieht mich kurz an. Dann sagt sie genau die Worte, die ich hören möchte. »Du kannst auch *hier* schlafen, wenn du willst.«

Um die Form zu wahren, zögere ich ebenfalls, bevor ich die Einladung annehme.

Die Frage nach der Couch verkneife ich mir. (Irgendwann muss jede Scharade ein Ende haben.) Stattdessen entkorke ich die letzte Flasche und fülle uns beiden noch einmal die Gläser.

Zu reden gibt es jetzt nichts mehr. Es bleibt dem Plattenspieler überlassen, der Stille die Stirn zu bieten. Während ein Chanson den nächsten ablöst, mustern wir uns, und zu meiner Überraschung ist da keinerlei Befangenheit in ihrem Blick. Ich stelle mir vor, was gleich geschehen wird, male mir aus, wie sich die Wölbung ihres Bauches anfühlen könnte, als mir mit einem Mal einfällt, dass ich es trotz zahlloser Gelegenheiten immer noch nicht geschafft habe, sie nach ihrem Namen zu fragen.

»Sag mal, wie heißt du eigentlich?«

»Das ist jetzt nicht wahr, oder?« Ungläubiges Lachen.

Ich breite übertrieben reumütig die Arme aus und ernte einen verzeihenden Blick.

»Tanja.«

Da es darauf nichts wirklich Sinniges zu entgegnen gibt, leere ich mein Glas. Als ich es absetze, steht sie neben mir.

»Na, dann komm.« Sie nimmt meine Hand und führt mich ins Schlafzimmer.

Erste Küsse im Stehen, Hände, die sich ungelenk den Weg Richtung Haut bahnen, hastiges, zum Teil gegenseitiges Entkleiden. Als wir schließlich auf dem Bett landen, verschwindet auch die Unterwäsche. Kleine, feste Brüste, fleischige Schenkel, ausladender Hintern. Ich nehme das alles mit den Händen auf, während unsere Zungen die Mundhöhle des anderen erkunden. In mir keimt der Wunsch auf, ihrem drallen Arsch ein paar Schläge mit der flachen Hand zu versetzen. Am besten, während ich sie von hinten nehme. Aber so weit sind wir noch nicht. Fürs erste bestimmen konventionelle Zärtlichkeiten das Geschehen. Dass sie sich ihr Schamhaar noch nicht mal ansatzweise rasiert, überrascht mich zwar, noch größer allerdings ist meine Verwunderung darüber, dass mich dieses Versäumnis kein bisschen stört. Sie ist so feucht, dass ich ihr sogar behaarte Achseln durchgehen lassen würde. Ich koste die Nässe weidlich aus, lasse meine Finger an der Beschleunigung ihres Atems arbeiten. Fehlt nur noch eins, um den Moment perfekt zu machen: »Fass meinen Schwanz an!«

Ihr Griff ist fest, ihre Technik routiniert. Keine Scheu, keine Unsicherheit. Ich hätte keine Probleme zu kommen – auch wenn das alles wäre, was sie mir anbieten würde. Aber ich will sie unbedingt ficken. Ich will hören, wie sie aufstöhnt, wenn ich in sie eindringe. Also entwinde ich mich ihr und bringe meinen Körper in eine Position, die es mir erlaubt, meinen Steifen fordernd über ihre Schamlippen gleiten zu lassen.

Ihr durchgedrücktes Kreuz, ihr gespannter Bauch signalisieren nichts als Bereitschaft. Aber sie besitzt noch genügend Vernunft, um das vorgeschriebene Protokoll einzuhalten.

»Hast du 'nen Gummi dabei?«

Ich kenne den Inhalt meiner Klamotten, muss also nicht lange überlegen.

»Nein.«

»Warte, ich glaub, ich hab noch einen in meiner Tasche.« Sie klettert aus dem Bett und läuft auf den Flur.

Als sie zurückkommt, muss sie lachen.

»Tut mir leid, keinen gefunden.«

»Nicht so schlimm«, entgegne ich und lache ebenfalls.

Und dann ist ihr nackter Leib wieder neben dem meinen und wir beginnen uns erneut zu küssen. Dieses Mal greift sie mir gleich an den Schwanz und als sie ein paar Minuten später ihre Zunge zur Hilfe nimmt, geschieht das ebenfalls ohne Anweisung. Während sie mir die Eichel leckt, verstärken sich der Druck ihrer Hand und die Geschwindigkeit mit der sie den Arm auf und ab bewegt. Anscheinend will sie mir einen Abgang verschaffen, ohne dabei an sich selbst zu denken. Denn obwohl meine Finger nichts unversucht lassen, ist sie von einem Höhepunkt noch weit entfernt. Aber gerade beim ersten Mal ist es absolut inakzeptabel, dass ich vor ihr komme.

»Warte, ich will heute nicht abspritzen.«

Sie hält inne, sieht mich überrascht an. Offenbar ist sie eine derartige Programmunterbrechung nicht gewohnt.

Ich ignoriere ihre Verblüffung, bringe mein Gesicht ganz nah an das ihre heran und lasse die Kuppen von Zeige- und Ringfinger ein letztes Mal ihren Kitzler massieren.

»Komm morgen Abend zu mir.«

Ihr *okay* klingt zögerlich, und da ist immer noch ein leichter Ausdruck des Befremdens in ihren Augen. Aber als ich mich – nachdem ich mich angezogen habe – zu ihr herabbeuge, um ihr einen letzten Kuss zu geben, schenkt sie mir die Andeutung eines Lächelns.

Zu Hause gelingt es mir nur mit Mühe, mich davon abzuhalten, es mir selber zu machen. Die Bilder, die mir im Hirn herumschwappen, sind einfach zu stark, lösen zu viele Phantasien aus, um mich nicht in Versuchung zu bringen. Dennoch gelingt es mir, dem Drang die Stirn zu bieten. Wenn Tanja in vierzehn Stunden hier einläuft, will ich so geil sein, dass es einer körperlichen Qual gleichkommt.

IV

Unmotiviert räume ich eine Weile in meiner Wohnung herum. Abwaschen und Staubsaugen wären angebracht. Aber dazu kann ich mich nicht aufraffen. Zum Schreiben ebenfalls nicht. Dabei halten sich die Folgen des gestrigen Alkoholkonsums deutlich in Grenzen. Es ist eher die Unlust am Alltäglichen, die mich lähmt.

Für heute wird natürlich auch wieder Wein benötigt. Also stiefle ich kurz vor sechs zum nächsten Discounter, fülle dabei gleich meine Lebensmittelvorräte auf. Danach fällt mir nichts mehr ein, als mich aufs Bett zu legen und darauf zu warten, dass die Türklingel anschlägt. Für neun sind wir verabredet – anderthalb Stunden, die in einem seltsamen Wechsel von Unruhe und Schläfrigkeit vergehen. Ich lasse die letzte Nacht Revue passieren, grüble darüber nach, wie mögliche Drehbücher für die heutige aussehen könnten, drifte aber zwischendurch immer mal wieder weg, in diesen Vorhof der Traumproduktion, der nichts als Prototypen bereithält. Kurz vor neun schrecke ich plötzlich hoch (offenbar bin ich doch noch eingeschlafen). Und während ich im Halbdunkel nach meinen Zigaretten taste, weiß ich plötzlich, was ich tun muss: Ich werde Tanja fesseln und ihr die Augen verbinden. Zugegebenermaßen ziemlich abgeschmackt; nicht zuletzt, weil es ausreichend im Kino strapaziert worden ist. Aber irgendwie muss ich herausfinden, ob meine Einschätzung ihrer Persönlichkeit der Wirklichkeit standhält. Und das am besten auf eine Weise, die so geringfügig von der Norm abweicht, dass sie eine Abfuhr nicht zu schwer wiegen lässt. Wenn Tanja das, was ich vorhabe, peinlich findet (wenn sie also *mich* peinlich findet), können wir immer noch zur Tagesordnung übergehen, sprich: den Wein trinken, Konversation machen und später einen Standardfick hinlegen.

Ich durchwühle mein Klamotten-Regal nach etwas, das sich für meine Zwecke eignet, und finde einen langen, dunkelblauen Schal, der gerade noch breit genug ist, um die Augenpartie zu bedecken. Wenn ich nicht völlig daneben liege, hat Nadine den hier irgendwann liegenlassen. Während ich überprüfe, ob das Stück Stoff auch blickdicht ist, komme ich um ein Lächeln nicht herum. Sollte sich sein Einsatz bezahlt machen, wäre das wenigstens *eine* positive Folgeerscheinung unserer närrischen Bekanntschaft.

Die Leuchtanzeige des Weckers lässt mich die Suche fortsetzen. Fünf nach. Ich muss voranmachen, brauche noch einen zweiten Schal oder etwas in der Richtung.

Bevor ich allerdings fündig werde, stoppt mich die Klingel. Für einen kurzen Moment bin ich verärgert, finde es mindestens unverschämt, dass meine Besucherin meine Vorbereitungen stört. Dann wird mir bewusst, dass es ohne Besucherin gar keine Vorbereitungen bräuchte, und ich entspanne mich wieder. Ich werde mit dem auskommen müssen, was ich habe.

Während ich durch den Flur gehe, stopfe ich mir den Schal in die Hosentasche. Dann drücke ich den Summer für die Haustür. Die Wohnungstür öffne ich erst, als ich Tanjas Schritte auf der Treppe höre.

»Hey.« Sie ist ein wenig außer Atem, aber sie strahlt mich an. Mit ihrer knallengen Jeans, ihrem bauchfreien Shirt und Absätzen, die ich ihr gar nicht zugetraut hätte, sieht sie fast schon verwegen aus – zumindest für ihre Verhältnisse.

Ich nehme ihr den Wein aus der Hand und stelle die Flasche, ohne einen Blick aufs Etikett zu werfen, beiseite. Dann schiebe ich mit der Linken die Tür zu, während meine Rechte ihre Hüfte umfasst. Ihre Lippen wollen geküsst werden, aber bevor ich mein Gesicht dem ihren nähere, lasse ich meine Finger so weit über ihren Hintern wandern, bis sie die Stelle knapp über den Schenkeln zu packen bekommen. Zeitgleich greife ich ihr mit der anderen Hand *von vorn* zwischen die Beine. Als ich sie dann küsse, kann sie ein Stöhnen nicht unterdrücken. Sie hat in den letzten Stunden anscheinend nicht weniger an Sex denken müssen als ich. Umso besser.

Ich lasse abrupt von ihr ab, trete einen Schritt zurück und bringe den Schal zum Vorschein. Während ich sie unverwandt ansehe, versuche ich möglichst sachlich zu klingen.

»Ich werde dir jetzt die Augen verbinden.«

Sie zögert. Sie zögert so lange, dass ich ihr Nein schon fast hören kann; ihr Nein oder einen schalen Witz der Marke »Wieso? Ist deine Wohnung so hässlich?« Ich sehe bereits den dazu passenden Ausdruck in ihrem Gesicht, sehe das spöttische Funkeln ihrer Pupillen, aber als sie schließlich antwortet, liegt keinerlei Ironie in ihrer Stimme.

»Gut.«

Gut – leicht gedehnt, auf keinen Fall frei von Unsicherheit, aber doch schlicht und eindeutig.

»Dreh dich um.«

Wieder ein Zögern (kürzer diesmal), dann kehrt sie mir den Rücken zu. Ich lege ihr den Schal über Stirn und Nasenrücken, verknote die Enden so fest, wie es mir gerade noch angemessen erscheint.

Danach gehe ich in die Hocke, ziehe ihr vorsichtig die Schuhe aus und öffne den Reißverschluss ihrer Jeans. Ich fühle mich innerlich ganz ruhig, weiß jetzt, dass das hier laufen wird. Tanja scheint das ebenfalls zu spüren, stöhnt ungeniert auf, als ich ihr Hose und Slip in einem Rutsch herunterreiße. Während sie ihre Füße von dem so entstandenen Knäuel befreit, stehe ich auf und mustere ihren Hintern, auf dem sich der weiße Abdruck eines Bikini-Höschens abzeichnet. Die

Tatsache, dass sie immer noch ihr Shirt anhat, verstärkt ihre Blöße nur. Ich überlege kurz, ob ich sie gleich hier vögeln soll, entscheide mich dann aber dagegen. Der ursprüngliche Plan verspricht größeren Erfolg. Also nehme ich sie bei der Hand und lotse sie hinter mir her durch den Flur.

Im Schlafzimmer führe ich sie ans Bett, bis ihre Schienbeine den Rand der Matratze berühren.

»Knie dich hin.«

Sie lässt sich auf die Hände fallen und robbt auf allen Vieren soweit vor, dass ich gerade noch ihren Bauch erreichen kann. Aber ihr Bauch interessiert mich nicht. Mich interessieren nur ihr Arsch und ihre Fotze. Während ich ihr mit der einen Hand die Backen knete, lasse ich die andere prüfend zwischen ihre Schamlippen gleiten. Das Ergebnis übertrifft meine Erwartungen: Sie ist bereits so feucht, als ob wir uns ein ausgedehntes Vorspiel gegönnt hätten. Auch ihr Atem geht hörbar schneller. Das löst erneut den Impuls aus, sie sofort zu ficken – Kondome liegen in Griffweite neben dem Bett –, aber der Wunsch, sie zappeln zu lassen, ist stärker.

Tanja allerdings darf ruhig glauben, dass es mit meiner Selbstbeherrschung demnächst vorbei sein wird. Ich schiebe mich hinter sie, dränge mich zwischen ihre Beine und drücke ihre Schenkel soweit wie möglich auseinander. Das soll natürlich den Eindruck erwecken, als ob ich gleich in sie eindringen wolle. Anstatt mir nun aber die Hose zu öffnen, gebe ich ihr mit einem leichten Druck der rechten Hand zu verstehen, dass sie sich flach ausstrecken soll. Nachdem sie das getan hat, fahre ich ihr mit den Fingern zärtlich über Schultern und Hals, streichle den Ansatz ihres Haares. Allerdings nur so lange, bis sie sich zu entspannen beginnt. Das ist der Moment, meine Hände langsam ihre Flanken hinab gleiten zu lassen und mich wieder ihrer Spalte zu widmen. Dieses Programm wiederhole ich ein paar Mal, und bei jeder Abwärtsbewegung meiner

Fingerkuppen streckt sich mir ihr Hintern fordernder entgegen, zappelt sie heftiger mit dem Unterleib.

Als ich zum letzten Mal bei ihren Hüften angelangt bin, habe ich bereits vorsichtig meinen Gürtel gelöst und meinen Reißverschluss nach unten gezogen. Eine Bewegung, um meinen Schwanz hervorzuholen; ein fester Griff in ihren Nacken, dann dringe ich mit einem tiefen Stoß in sie ein. Tanja quittiert das mit einem derart befreiten Stöhnen, dass ich gar nicht anders kann, als sie schnell und hart zu ficken. Selbst wenn ich etwas anderes vorgehabt hätte: Ihr Mund diktiert mir den Rhythmus. Sie keucht, sie jault, sie schreit. Sie gebärdet sich wilder als alle Mädchen, mit denen ich es vor ihr getrieben habe. Und als sie kommt, macht sie einen derartigen Lärm, dass ich schon damit rechne, gleich einen meiner Nachbarn vor der Tür stehen zu haben.

Ich verharre einen Moment, will ihr eine Pause gönnen und sie dann weitervögeln. Aber sie entwindet sich mir mit einer schnellen Drehung und wirft sich auf den Rücken. Sie gibt wimmernde Laute von sich, und ich weiß nicht, ob sie weint oder lacht. Aber ich bin mittlerweile meinerseits so geil, dass ich nur noch an den eigenen Abgang denken kann. Also mache ich es mir kurzerhand selbst und spritze ihr, während sie noch nach Luft ringt, auf den Bauch.

Nachdem wir beide zu Atem gekommen sind, nehme ich ihr die Binde ab, dann gehe ich in die Küche, um den Wein zu holen. Ohne Zweifel ist es immer berauschend, eine Frau dazu zu bringen, alle Hemmungen über Bord zu werfen und sich gehen zu lassen. Das allein allerdings erklärt das dümmliche Grinsen, das mich überkommt, während ich den Korken aus der Flasche ziehe, nur unzureichend. Neben dem unvermeidlichen Macker-Stolz ob der erfüllten Norm und der schlichten Zufriedenheit angesichts der Befriedigung eigener körperlicher Bedürfnisse, ist da noch etwas anderes. Ein Gefühl, das weniger mit der Gegenwart als mit der Zukunft zu tun hat. Mit Tanja scheint alles möglich. Vor meinem inneren Auge öffnet sich ein Korridor, der die Verwirklichung nicht weniger meiner sexuellen Wünsche verheißt. Es ist allein an mir, dafür zu sorgen, dass sich die Dinge in die richtige Richtung entwickeln.

»Ich werde mich nicht in dich verlieben«, beginne ich, während ich ihr – scheinbar gedankenverloren – über den Unterschenkel streiche.

Wir sitzen uns im Bett gegenüber – sie an die Wand gelehnt, die Beine ausgestreckt; ich im Schneidersitz.

»Ich weiß«, sagt sie, vollkommen frei von Enttäuschung, und ein Blick in ihre Augen verrät, dass diese Gefühlslage nicht aufgesetzt ist.

»Aber wir werden uns wiedersehen und ich werde dich wieder ficken.«

Diesmal sagt sie nichts. Ich forsche in ihrem Gesicht nach Anzeichen von Ablehnung, kann aber keins finden. Also gehe ich in die Vollen, lehne mich *richtig* aus dem Fenster.

»Wir werden uns niemals gemeinsam in der Öffentlichkeit zeigen. Und wenn wir uns doch mal über den Weg laufen, werden wir mit keiner Geste zu erkennen geben, dass wir uns je zuvor begegnet sind. Wir werden die Existenz des Anderen vollständig verschweigen. Und wenn die Notwendigkeit besteht, dass wir miteinander telefonieren oder sonst wie Kontakt aufnehmen müssen, werden wir uns so kurz wie möglich fassen.«

Sie greift nach ihren Zigaretten, und ich warte bis sie sich eine angezündet hat.

»Wenn wir uns treffen, dann wird das in einem realitätsfreien Raum stattfinden, in dem alles, was geschieht oder gesprochen wird, allein uns gehört.« Ich sehe sie an und fühle mich, als würden wir den *Letzten Tango von Paris* nachspielen.

Jetzt hängt alles von ihrer Antwort ab. Aber sie antwortet nicht. Sie starrt an mir vorbei und konzentriert sich aufs Rauchen.

Ich verändere meine Position, um das Tape zu wechseln, und fülle bei dieser Gelegenheit unsere Gläser auf. Als sie ihrs entgegennimmt, gönnt sie mir die Andeutung eines Lächelns.

»Hör zu«, sagt sie, »lass uns die Flasche noch austrinken. Dann hau ich ab.«

Auch wenn ich mir ziemlich sicher bin, dass ihr Desinteresse nur vorgeschoben ist, hat diese Strategie Erfolg. Ich hänge in der Luft, muss meine gesamte Selbstkontrolle aufbringen, um mein Innerstes nicht vor ihr auszubreiten. Nichts würde ich jetzt lieber tun, als mit der Frage herauszuplatzen, was sie von all dem hält, das ich ihr da gerade vorgeschlagen habe. Stattdessen zwinge ich mich zu einem lässigen *ja, klar*.

Die nächsten dreißig Minuten kommen mir vor wie eine Poker-Partie, in der sich schlagartig das große Zögern breitgemacht hat. Der Pot ist bereits gut gefüllt, aber keiner will ihn weiter anfüttern. Wir trinken und rauchen und reden über Belanglosigkeiten, wobei es Tanja ist, die dem Gespräch die Richtung vorgibt.

Als sie sich schließlich anzuziehen beginnt, strecke ich die Waffen. Ich kann meine Ungeduld einfach nicht länger im Zaum halten.

»Und? Was passiert jetzt?«

Sie lässt sich Zeit, knöpft sich erst die Jeans zu, bevor sie den Blick hebt.

»Du wirst mich anrufen. Und dann werden wir weitersehen.« Sie steigt in die Schuhe und gibt mir einen Kuss auf die Wange. »Danke für den Abend.«

Ich müsste mich jetzt eigentlich erheben und ihr anbieten, sie hinauszubegleiten, zumindest sollte ich meinerseits etwas zum Abschied sagen. Aber ich bin zu perplex ob der Gradlinigkeit, mit der sie ihre Vorstellung durchzieht. Und so bleibe ich auf dem Bett sitzen, bis ich die Tür ins Schloss fallen höre. Dann gehe ich in die Küche, um eine neue Flasche zu öffnen. Eigentlich hatte *ich* den Zeitpunkt bestimmen wollen, an dem Tanja meine Wohnung verlässt. Außerdem hätte ich sie vorher gern noch mal gevögelt. Kein Wunder, dass ich mir wie ein Greenhorn vorkomme.

V

Es ist klar, dass sie sich bis auf weiteres in Schweigen hüllen wird. Was diesen Punkt angeht, hege ich keinerlei Zweifel. Es ist also an mir, unsere Verbindung aufrecht zu erhalten, sprich: ein erneutes Wiedersehen in die Wege zu leiten. Warum auch nicht?! So kann ich immerhin Einfluss auf die äußeren Umstände dieses Treffens nehmen. Allerdings sagt mir eine innere Stimme, dass ich mit der Kontaktaufnahme mindestens drei oder vier Tage warten sollte. Da trifft es sich, dass ich mich ohnehin um anderes zu kümmern habe: Ich muss mir einen Job suchen. Das Schreiben wirft einfach nicht genug Geld ab. Um genau zu sein, habe ich in den letzten zwei Monaten nicht eine einzige Kopeke verdient. Und die Reserven sind längst aufgebraucht.

Ich hatte diese einigermaßen einträgliche Anstellung bei einem Kreuzworträtsel-Verlag, wo ich die Umschreibungen der gesuchten Begriffe und die Sprechblasen in den Bilderwitzen auf Rechtschreibfehler abklopfen musste. Aber kaum, dass das mit den Lesungen angelaufen war, kaum, dass mir lethargische Veranstalter akkurat aufgefächerte Fünfziger hinstreckten – während ich mir im Geist bereits die Einnahmen aus dem abendlichen Buchverkauf ausrechnete –, hatte ich nichts Eiligeres zu tun gehabt, als den Langweilerposten zu kündigen. Dann kam die Sommerpause und seitdem ist nicht mehr viel passiert. Ein mäßig bezahlter Auftritt in einem linken Buchladen, eine Soli-Lesung für ein von der Schließung bedrohtes AZ. Das war's.

Jetzt steht zu befürchten, dass ich mich fürs erste *körperlicher* Arbeit auszusetzen habe. Ein Anruf bei der Jobvermittlung bestätigt diese Annahme. Sie haben was bei *Tengelmann*, bei einer Lüftungsbaufirma und im Stahlwerk Salzgitter. Ich entscheide mich für letzteres, was bei aller Begeisterung für die Werke Charles Bukowskis nichts mit einer Idealisierung irgendwelcher Malochertätigkeiten zu tun hat, sondern einzig und allein damit, dass die Schinderei nachts stattfindet, also meiner persönlichen Vorstellung von Schlaf- und Wachrhythmus entgegenkommt.

Als ich die gigantische Anlage gegen neunzehn Uhr dreißig ansteuere, bin ich denn auch entsprechend ausgeruht. Ein Wachmann weist mir den Weg. Dann geht es gute zwei Kilometer übers Firmengelände, das erstaunlicherweise menschenleer vor mir liegt. Dafür dampft und brodelt es allerorten aus Rohren, Schornsteinen und Kesseln, die in ihrer Beschaffenheit eher an den Beginn des Zwanzigsten Jahrhunderts erinnern als an sein Ende.

Die Halle, in der ich mich einfinden soll, sieht nicht viel besser aus – düster und altersschwach, als wäre sie unter Lenin oder seinem direkten Nachfolger gebaut worden. Als ich die schwere Stahltür öffne, schlägt mir ohrenbetäubender Lärm entgegen – eine Geräuschkulisse wie in der Vorhölle, optisch angereichert durch einen Lavastrom, der sich keine zehn Meter von mir entfernt durch den staubigen Boden frisst.

Die wenigen Arbeitsdrohnen, die ich in diesem Inferno ausmachen kann, tragen samt und sonders Schutzkleidung (metallbeschichtete Schürzen, Helme mit übergroßen Visieren, Handschuhe) und operieren mit langen Stecken, die sie wie Flößer wirken lassen, deren Heimatplanet sie zu einem terrestrischen Arbeitseinsatz abkommandiert hat. Ich überlege noch, ob ich es wagen kann, das Halleninnere in Zivil zu betreten, als einer dieser Außerirdischen auf mich zukommt. Er klappt sein Visier hoch und will wissen, was ich hier verloren habe.

»Ich suche den Polier der Firma Schnitzer.«

Der Stahlkocher lässt ein freudloses Lachen erklingen.

»Hau bloß wieder ab, Junge! Is' schlimmer als Knast hier.«

Für den Bruchteil einer Sekunde stelle ich mir den zweifellos gut gemeinten Ratschlag bildlich vor, sehe mich im Auto nach Hause fahren, dort eine Dose Bier aus dem Kühlschrank nehmen und den Fernseher anwerfen. Dann schiebt sich mein letzter Kontoauszug vor das idyllische Szenario. Und so bleibt mir nichts anderes, als ebenfalls gallig aufzulachen und darauf zu verweisen, dass mich ein gewisser Zwang hierher treibt.

Mein Gegenüber erklärt sich daraufhin bereit, meinen neuen Vorgesetzten herbeizuholen, und trabt davon; nicht allerdings, ohne mir vorher einzuschärfen, mich ja nicht von der Stelle zu rühren.

Das schmächtige Männlein, mit dem er ein paar Minuten später auftaucht, wirkt neben seiner Heroengestalt beinahe schon unwirklich – ein Chihuahua im Bärengehege. Ein Eindruck, den die Klamotten des Schwindsüchtigen noch verstärken. Denn im Gegensatz zu den mumifizierten Stubenfliegen um uns herum trägt er nur Jeans und Pullover.

»Schön, da können wir ja loslegen«, begrüßt er mich. Sein Händedruck ist unerwartet fest.

»Oh, dann bin ich wohl der Letzte?«, entfährt es mir, weil sie bei der Vermittlung davon gesprochen hatten, dass für diesen Einsatz mindestens acht Leute gebraucht würden.

»Der Letzte?! Du bist der Einzige«, lautet die lapidare Antwort.

Der Unglauben angesichts dieser Aussage steht mir offenbar so deutlich im Gesicht, dass der Schmächtige noch etwas nachschiebt: »Keine Sorge, das ist normal. Manchmal kommt überhaupt keiner.«

Inwieweit mich das beruhigen soll, kann ich nicht erkennen. Ich sehe nur einen undefinierbaren Berg Arbeit vor mir, der statt von achtzehn Händen von vier bewältigt werden muss. Allzu viel Zeit, mich von dieser Schreckensvision in die Knie zwingen zu lassen, habe ich allerdings nicht. Der Skorbutkranke will voranmachen, hat offenbar Hummeln im Hintern.

»Erst mal müssen wir dir ein Paar Schuhe besorgen«, sagt er, und gibt mir einen aufmunternden Klaps auf die Schulter. »Ich bin übrigens Bernd.«

Ich stelle mich meinerseits vor und fühle Hoffnung in mir aufkeimen: Ich habe Schuhgröße siebenundvierzig. Gut möglich, dass sich für mich nichts Passendes findet.

Während ich Bernd in einen gekachelten, neonhellen Umkleideraum folge, mustere ich die Holzpantinen an seinen Füßen, die einem Werbespot für holländischen Käse entstammen könnten, und komme um ein Lächeln nicht herum – nein, derart folkloristische Sondermodelle *kann* es in meiner Größe einfach nicht geben. In einer halben Stunde sitze ich wieder im Auto und habe nichts weiter zu tun, als ein korrektes Tape rauszusuchen. Auf den Kontostand ist geschissen. Wenn die elterlichen Gene mir eine Nacht voller Schweiß und Schwielen verwehren, werde ich der Letzte sein, der sich darüber beschwert.

»Verdammt, das sind ja richtige Elbkähne«, stöhnt Bernd nach einem Blick auf meine Doc Martens und macht sich daran, eine monströse Kiste zu durchstöbern.

Er wühlt eine Ewigkeit in dem Behältnis herum, kehrt das Oberste zu unterst, und mit jeder Sekunde, die vergeht, wähne ich mich ein Stückchen weiter auf der sicheren Seite. Dann macht ein einziger Ausruf meine Hoffnungen zunichte: »Na, also. Da haben wir doch die Kindersärge, die wir brauchen.«

Ich bin kurz versucht, bei der Anprobe zu schummeln. Aber die Pantinen passen einfach *zu* gut, sitzen dermaßen perfekt, dass ein Täuschungsversuch ebenso albern wie unwürdig wäre.

»Wie Arsch auf Eimer«, sagt Bernd zufrieden. Dann will er wissen, was ich für Klamotten mithabe.

»Nur das, was ich anhabe.« In Erwartung erhöhter Temperaturen trage ich nichts weiter als dünne Jeans und T-Shirt.

»Das ist schlecht«, entgegnet Bernd.

»Wieso?«

»Ganz einfach. Was gut gegen Kälte ist, ist auch gut gegen Hitze.«

Ich sehe mir seinen Pullover an, der in der Tat ziemlich winterlich wirkt, dann wandert mein Blick zu seinen Beinkleidern.

»Aber du trägst doch auch nur 'ne Jeans.«

Er lässt mir das Lächeln eines dreifachen Wimbledon-Gewinners zukommen: »Tja, Kumpel, lange Unterhosen.«

Ich kann nicht verhindern, dass mir dieses Gerede einen Schweißfilm auf die Handflächen zaubert, will aber die Möglichkeit nicht ausschließen lassen, dass es sich dabei vielleicht nur um Seemannsgarn handelt. Der handelsübliche Dünnschiss des altgedienten Lohnsklaven, einzig und allein aus dem erbärmlichen Grund abgesondert, Neulinge wie mich zu verunsichern und auf den ihnen zugedachten Platz gleich hinter der Sickergrube zu verweisen.

Als wir zurück in die Halle marschieren, bin ich demgemäß noch halbwegs frohen Mutes. Selbst als wir vor einem Graben Halt machen, durch den vor absehbarer Zeit einer dieser Lavaströme geflossen sein muss, schwant mir nichts wirklich Böses.

Bernd erklärt mir kurz, worum es geht: »Also diese Rinne hier, die müssen wir freibekommen. In der haben sich zig Ablagerungen angesammelt. Normalerweise arbeiten wir im Wechsel von einer Minute. Da wir heute nur zu zweit sind, werden wir es mit drei Minuten versuchen.« Er streift sich ein Paar Handschuhe und einen Mundschutz über, dann greift er sich einen Presslufthammer und steigt in die mannshohe Vertiefung.

Ich sehe ihm dabei zu, wie er dem Bohrer freien Lauf lässt, die graue, grindige Masse, die den Boden und die Wände des Grabens bedeckt, in akzeptable Brocken und Bröckchen zerteilt. Nach circa zwei Minuten tauscht er den Presslufthammer gegen eine Schaufel und vollendet sein Werk, in dem er den Abraum über den Rand der Rinne befördert.

Das sieht dermaßen unspektakulär aus, dass ich mich augenblicklich entspanne. Auch die Hitze ist durchaus erträglich. Da habe ich nach dem mittäglichen Aufwachen unter der Zeltplane bei irgendwelchen Festivals schon deutlich mehr gelitten.

»Und? Meinst du, du kriegst das hin?« Bernd wischt sich keuchend den Schweiß von der Stirn.

»Klar«, sage ich, schnappe mir den Presslufthammer und steige beherzt nach unten.

Die Temperatur, die mich empfängt, lässt mich augenblicklich nach Luft ringen. Kein Vergleich zu dem mediterranen Klima außerhalb des Grabens. Vielmehr fühlt es sich an, als ob mich jemand in einen überdimensionierten Ofen geschoben hätte. Unfassbar, dass Bernd es hier länger als zwei Atemzüge ausgehalten hat. Gänzlich abstrus die Vorstellung, es ihm gleich zu tun. Aber irgendwie muss das gehen, denn die Alternative hieße, vor meinem verhärmten Kollegen Schwäche zu zeigen. Und das lässt mein Stolz nicht zu.

Wild entschlossen werfe ich mein Arbeitsgerät an und treibe es hämmernd in die Schlacke. Sofort werden meine angewinkelten Ellenbogen von einem unsichtbaren Geflecht feinster Nadelspitzen attackiert. Die Knie trifft es noch schlimmer. Bei jeder noch so minimalen Bewegung, bei jeder Berührung mit dem Stoff meiner Jeans peinigt mich ein Schmerz, der in seiner Intensität an Bissverletzungen heranreicht. Warum musste ich auch dieses beschissen enge Teil anziehen?! Lange Unterhosen wären jetzt in der Tat angebracht, lange, stark ausgeleierte Baumwollunterhosen und darüber am besten einen Kaftan. Immerhin hat die Marter auch einen positiven Aspekt. Sie macht mich unendlich wütend. Und diese Wut verleiht mir die Kraft, dem beinahe übermächtigen Impuls zu widerstehen, sofort alles hinzuschmeißen und diesem Irrsinn adieu zu sagen.

Als mir Bernd endlich ein Zeichen gibt, fühle ich mich, als ob ich in einer Dampfsauna stundenlang mit Gewichten trainiert hätte. Und natürlich vergehen die drei Minuten meines Vorarbeiters viel zu schnell, um an Erholung auch nur zu denken. Trotzdem steige ich, als ich wieder an der Reihe bin, erneut in den Höllenpfuhl hinab.

Ein Gewöhnungseffekt tritt nicht ein; auch nicht beim nächsten oder übernächsten Mal. Und so bleibt nur das alte Marathonkonzept: immer schön von Kilometer zu Kilometer denken, in diesem Fall also von Einsatz zu Einsatz, auch wenn der Kreislauf bereits zu kollabieren droht. Als Bernd schließlich die lang ersehnte Pause ausruft, sind wir beide jeweils vierzig Mal in der Rinne gewesen.

Der Aufenthaltsraum gleicht in seiner Trostlosigkeit der Umkleide: nackte Kacheln, gleißende Neonröhren, Resopaltische. Bernd hält mir sein Päckchen *Reval* hin. Ich greife zu und lehne mich genüsslich zurück – die erste Kippe *in voller Länge*, seitdem ich aus dem Auto gestiegen bin.

Nachdem wir unseren Nikotinhaushalt fürs erste auf Vordermann gebracht haben, scheint mir der Zeitpunkt gekommen, eine drängende Frage loszuwerden: »Wie viele Stunden sind's denn noch?«

»Na ja«, sagt Bernd, während er das erste seiner fünf Butterbrote auswickelt, »Pause is' bis eins. Feierabend um fünf.«

Also gerade mal Halbzeit. Scheiße! Obwohl ich dergleichen geahnt habe, reagiere ich angeschlagen; kann mir plötzlich nicht vorstellen, überhaupt noch mal in die Gluthitze zurückzukehren.

»Wie hältst du diese Tortur bloß aus, verdammt?«

Die Antwort ist so überraschend wie eine Geschlechtskrankheit nach zwanzig Jahren ungeschütztem Verkehr: »Ganz einfach, ich verdien' gutes Geld. Wechselschicht, Montagezuschläge; gibt ja noch'n paar andere Werke, für die wir arbeiten.«

Ich kaue auf einem Bissen *Bifi* herum, lasse Bernd reden.

»Ich bin so im Schnitt alle zwei, drei Wochen woanders. Aber wenn ich's irgendwie einrichten kann, fahr ich nach der Arbeit zurück nach Uelzen.«

Ein derart großes Engagement weckt dann doch meine Neugier: »Nachher auch?«

»Klar. Sind ja nur knappe hundert Kilometer.«

Das mag stimmen, aber der größte Teil der Strecke führt über Landstraßen. Anderthalb Stunden dauert das mindestens. Macht drei für Hin- und Rückfahrt plus neun Stunden Frondienst. Unfassbar. Immerhin weiß ich jetzt, warum mein Gegenüber so ausgezehrt aussieht. Bei einem derart stressigen Programm können sich einfach keine Fettreserven anlagern. Da könnte Bernd auch *zehn* Brote pro Pause vertilgen.

»Du hast da Frau und Kinder, was?«

»Nee, ich wohn' noch bei meiner Mutter. Is' billiger.«

Na, wunderbar. Während Bernd sich über *Mamas Eintöpfe* auslässt, stelle ich mir vor, wie die erschuftete und zusammengesparte Kohle in zwanzig Jahren für ausgedehnte Rehabilitations-Maßnahmen oder ein prächtiges Begräbnis draufgeht. Da hat sich der Einsatz dann aber wirklich gelohnt …

»Wie alt bist du eigentlich?«

»Achtundzwanzig.«

Jesus, ich hätte ihn auf vierzig geschätzt. Vielleicht sollte er sich jetzt schon 'ne Reha gönnen. Aber das hat nicht *meine* Sorge zu sein – in einer halben Stunde geht es wieder in die Rinne. Wenigstens verläuft die Zeit bis dahin in wohltuendem Schweigen. Bernd liest die *BILD*, ich rauche Kette.

Als wir dann erneut mit dem Presslufthammer herumzuwerkeln beginnen, erscheint mir die Aufgabe am Anfang schier übermächtig. Jedes Mal, wenn ich an der Reihe bin und mich das Brennen in den Atemwegen fast den Verstand verlieren lässt, erwäge ich ernsthaft aufzustecken – einfach den Bohrer zum Stehen bringen, aus dem Graben klettern und Bernd *noch frohes Schaffen* wünschen.

Aber mit der Zeit lässt das nach, weicht das Aufbegehren einer roboterhaften Duldsamkeit, einem stumpfen Gleichmaß aus Schmerz und Erlösung. Kurz vor fünf gesellt sich sogar ein Happen Euphorie dazu.

Und dann ist es schließlich vollbracht, ist auch der achtzigste Besuch in der Natterngrube vorüber.

»So, dann lass mal duschen«, sagt Bernd, nachdem wir die überfällige Zigarette verdrückt haben.

Aber wie ich schon in Sachen Arbeitskleidung versagt habe, habe ich auch vergessen, ein Handtuch mitzunehmen. Demgemäß kann der Abschied gleich hier vonstatten gehen.

»Okay, bis morgen dann.« Bernd bedenkt mich mit einem kumpelhaften Lächeln, bevor er Richtung Waschkaue davonschlappt.

»Ja, bis morgen«, entgegne ich, ebenfalls lächelnd, obwohl ich genau weiß, dass es kein Morgen geben wird. Müde zehn Mark pro Stunde reichen einfach nicht aus, um sich hier auch nur eine Minute länger den Arsch wund zu knechten. Ich werde mir bei der Jobvermittlung etwas anderes geben lassen.

Laute Musik und Zigarettenqualm – die Rückfahrt ist ein einziger Ritt ins Glück.

Zu Hause angekommen ziehe ich als erstes meine komplett verdreckten Klamotten aus, dann gönne ich mir ein ausgedehntes Bad, dazu einen Joint für zwei Personen.

Während ich mir noch in der Wanne einen runterhole, wandern meine Gedanken wie von selbst zu Tanja. Ich stelle mir vor, wie ich langsam und gewissenhaft ihren Arsch ficke, und brauche keine drei Minuten, bis ich abspritze.

VI

Ich war extra noch mal in diesem unsäglichen Laden, um mich davon zu überzeugen, dass er für das, was ich vorhabe, auch wirklich geeignet ist. Das Ergebnis war rundherum befriedigend: mäßiger Betrieb (zumindest am frühen Abend), aber nicht vollkommen tot und die Kabinen der Frauentoilette picobello. Nachdem ich eine letzte Nacht über die Idee geschlafen habe, ist der Zeitpunkt gekommen, sie in die Tat umzusetzen.

Zuerst mal muss ich den Brief formulieren. Zwar hat Tanja davon gesprochen, dass ich sie anrufen soll, aber das, was ich vorhabe, funktioniert nur in Schriftform. Das leicht derangierte Blatt Papier, auf dessen Rückseite sich die Mahnung eines Mailorders befindet und das ich genau deshalb, also wegen seiner vermeintlichen Beliebigkeit, ausgewählt habe, liegt bereits vor mir; den Kugelschreiber halte ich in der Hand.

Ich sitze im Pausenraum meiner neuen Arbeitsstätte, einem Versandhandel für Werkzeuge und Eisenwaren. Der Job wird zwar noch schlechter bezahlt als die Schinderei im Stahlwerk und die Arbeitszeiten entsprechen der Norm, dafür ist die Arbeit selbst erträglich: Ich habe nicht mehr zu tun, als eine Art Einkaufswagen durch ein Labyrinth meterhoher Regale zu schieben und nach den Vorgaben eines Computerausdrucks Schrauben, Bohrer und andere Hostien des deutschen Handwerkerwesens in den Korb zu werfen. Das dabei einzuhaltende Tempo ist durchaus kommod, nicht minder angenehm die Tatsache, dass die Stunden ohne nervigen Smalltalk dahingehen. Die zwei Dutzend Gestalten, die hier gemeinsam mit mir buckeln, haben sich zwar allerlei zu erzählen, gern auch von einem Gang zum anderen, aber mich haben sie bisher weitestgehend in Ruhe gelassen.

Dieser paradiesische Zustand wird sicher nicht auf Dauer aufrechtzuerhalten sein – immerhin bin ich erst drei Tage hier –, aber noch habe ich während der Pausen einen Tisch für mich allein. Demgemäß fällt es mir nicht schwer, die nötige Konzentration aufzubringen.

Ich werde mich morgen zwischen 17 Uhr 15 und 17 Uhr 30 im Café Central einfinden. (Das ist die Yuppie-Klitsche, die ich auf Herz und Nieren geprüft habe.) *Du wirst bereits dort sein, wirst an einem der Tische sitzen, die weder vom Thekenpersonal noch von etwaigen anderen Gästen eingesehen werden können. Ich wähle einen Platz, von dem aus ich einen guten Blick auf Dich habe, der aber dennoch weit genug von Deinem Tisch entfernt ist, um jeden Verdacht eines absichtlichen Zusammentreffens zu zerstreuen. Ich bestelle mir ein Bier, Du hast schon irgendwas vor Dir stehen. Und während wir trinken und rauchen, werden sich die Sekunden ins Unendliche dehnen, bis Du irgendwann, beinahe unmerklich, Deinen Rock nach oben zu schieben beginnst. Du trägst kein Höschen, und damit ich das auch wirklich überprüfen kann, rutschst Du auf Deinem Stuhl ein Stück nach vorn und spreizt die Beine. Dann beginnst Du Dich anzufassen. Beiläufig erst, dann immer zielgerichteter. Natürlich wirst Du mich dabei nicht ansehen. Ich hingegen werde die Augen nicht von Dir lassen. Der Wunsch, Dir nahe zu sein, wird mich schier irre machen, aber Du lässt Dir Zeit, unterbrichst das Schauspiel hin und wieder, um Dein Glas an die Lippen zu führen. Dann, wenn ich fast schon nicht mehr daran glauben möchte, erhebst Du Dich plötzlich und begibst Dich in die Frauentoilette. Du betrittst die erste Kabine und schließt die Tür, ohne sie dabei zu verriegeln. Dort erwartest Du mich mit entblöß-*

tem Hintern, den Rücken zu mir, den Kopf gesenkt, die Hände auf die Kacheln gestützt. Ich ziehe noch zwei-, dreimal an meiner Zigarette, dann folge ich Dir, trete hinter Dich und sperre ab. Ich werde Dir meinen Steifen ohne Vorankündigung in die Fotze schieben und Dich so eigennützig wie nur möglich ficken. Und wenn ich Dir dann auf den Arsch gespritzt habe, werde ich Dich wortlos zurücklassen.

Ich lese mir den Schmonzes zweimal durch, wobei ich besonders auf die technische Seite meiner Anweisungen achte. Es wäre unverzeihlich, wenn gerade mit der Navigation etwas schief laufen würde. Aber ich kann nichts Unklares oder Falsches entdecken, und den Laden müsste Tanja eigentlich kennen (immerhin liegt er an der größten Fress- und Flaniermeile der Stadt). Also tüte ich die Zeilen ein, klebe den Umschlag zu und schreibe ihren Namen auf die Vorderseite. Dann mache ich mich wieder ans Schraubenzusammenklauben. Gleich nach Feierabend werde ich den Brief bei ihr zu Hause einwerfen. Danach heißt es warten.

Natürlich birgt das Vorhaben gewisse Risiken. Vielleicht hat sie keine Zeit, ist beruflich eingebunden oder sonst wie verhindert; oder sie findet nicht einen Funken Gefallen an dem Szenario, das ihr meine Worte ins Gehirn pflanzen sollen. Aber wenn ich daran denke, wie sie sich bei mir in der Wohnung gebärdet hat, kann ich mir Letzteres kaum vorstellen. Und so hege ich die Hoffnung, dass sie sich die Zeit im Bedarfsfall einfach *nehmen* wird. Dennoch bin ich nicht frei von Nervosität, als ich kurz nach fünf aus der Straßenbahn steige. Wir haben uns eine Woche nicht gesehen. Möglicherweise sind das die entscheidenden zwei Tage zuviel. Wer weiß, was sich in der Zwischenzeit ereignet hat …

Als die Leuchtreklame des Cafés in Sichtweite ist, werfe ich einen Blick auf mein Mobiltelefon: siebzehn Uhr zwölf. Ich bleibe stehen und stecke mir eine Zigarette an.

Eigentlich möchte ich in ausgedehnten Intervallen inhalieren, habe am Ende aber doch viel zu hastig geraucht. Und so ist es gerade mal achtzehn nach, als ich mein Handy ausschalte und die Tür des Central ansteuere.

Für den Bruchteil einer Sekunde nehme ich den Raum verschwommen wahr. Dann lassen die 150 bpm meines Herzmuskels langsam nach und auch mein Blick wird wieder klarer. Sie ist da! Sie sitzt nicht an einem der hinteren Tische, an denen ich sie eigentlich hatte sehen wollen, sondern an der Bar, aber sie ist da. Und sie trägt zumindest keine Strumpfhose unterm Rock.

Ich bin einen Moment lang unentschlossen, denn natürlich hatte ich auch für mich bereits drei oder vier mögliche Tische gewählt, die nun wegfallen. Dann entscheide ich mich spontan für einen Platz in ihrem Rücken. Von hieraus kann ich sie vollkommen ungeniert betrachten. So denke ich zumindest, bis sich unsere Blicke in der Spiegelzeile über den aufgereihten Spirituosen begegnen. Sie sieht mich kühl an. Aber ihre geröteten Wangen verraten sie. Ihr Nacken weist dieselbe Farbe auf, zeichnet sich deutlich vom Weiß ihres T-Shirts ab.

Dass sie sich, was die Platzwahl betrifft, nicht an meinen Wunsch gehalten hat, entspricht ihrem Naturell. Wenigstens im *Detail* muss sie aufbegehren. Aber das ist nebensächlich. Sie ist gekommen. Also wird sie sich vögeln lassen. Diese Erkenntnis beschert mir ein berauschendes Triumphgefühl. Gleichzeitig empfinde ich unbändiges Verlangen. Ich lasse mir ein Bier kommen, dann mustere ich den Rest des Ladens. Außer Tanja und mir befinden sich nur noch fünf Gäste im Raum (ein Pärchen und drei Schlipsträger, die offenbar geschäftlich miteinander zu tun haben) – perfekt.

Ich zünde mir eine Kippe an und überlasse mich der Vorfreude, erregt und entspannt zugleich in meiner Geilheit. Tanja hat irgendeinen Longdrink vor sich stehen – Campari-O-Saft, soweit ich das erkennen kann. Mit dem beeilt sie sich nicht gerade, aber das beunruhigt mich nicht. Sie will mich auf die Folter spannen, will wenigstens so tun, als ob sie das Heft in der Hand hätte. Und so bringt es mich auch nicht aus der Spur, als sie ein zweites Glas bestellt. Ich habe mit nichts anderem gerechnet.

Dieses affige Zeitschinden ist auch der Grund, warum ich mein Bier kaum anrühre. Die weibliche Bedienung hat mir bereits einen befremdeten Blick zugeworfen, aber das ist mir herzlich egal. Es wäre einfach ein unverzeihlicher Fehler im Ablauf, wenn ich *vor* Tanja die Toiletten aufsuchen müsste. Mein Part heißt ausharren.

Nach der dritten Zigarette erweist sich das aber als gar nicht mehr *so* einfach. Der Zuversicht und der anfänglichen Selbstherrlichkeit zum Trotz schleichen sich wieder Zweifel ein. Was, wenn sie nur gekommen ist, um mich zu demütigen? Wenn sie zwei oder drei weitere Drinks in sich hineinschüttet und dann einfach abhaut? Oder wenn sie am Ende Angst vor der eigenen Courage bekommt? Seitdem sich unsere Augen kurz im Spiegel begegnet sind, hat sie mich komplett ignoriert.

Um mich abzulenken, gebe ich der Bedienung ein Zeichen. Ich werde mir einen Whisky bestellen. Die Blondine, die hier für Theke und Service gleichermaßen verantwortlich ist, umkurvt ihren Tresen und stöckelt auf mich zu. Und genau in diesem Moment gleitet Tanja vom Barhocker. Ich kann gerade noch erkennen, dass sie sich in die *richtige* Richtung bewegt, dann steht die Blonde auch schon vor mir.

»Ja?«

»Einen Whisky bitte.«

»Schottischen, irischen oder amerikanischen?«

»Was?« Ich bin kurzzeitig verwirrt. Habe nicht den Hauch einer Ahnung, was sie von mir will. Dann begreife ich: »Egal.«

Wieder dieser befremdete Blick. Sie hält mich offenbar für leicht durchgeschossen. Trotzdem spult sie weiter ihr Programm ab.

»Mit oder ohne Eis?«

Nicht einfach aufzuspringen und an ihr vorbeizustürmen, erfordert meine gesamte Willenskraft.

»Ohne bitte.«

Endlich schiebt sie ab.

Ich zwinge mich, sitzen zu bleiben, bis das Glas vor mir steht. Ein hastiger Schluck, dann stemme ich mich mit beiden Armen in die Senkrechte.

Die Schritte kontrollieren, die Atmung kontrollieren, die erste Tür öffnen, die zweite – dann bin ich in dem weißgekachelten Raum, drücke die Klinke der ersten Kabine nach unten. Und da steht sie, präsentiert sich meinen Augen genauso, wie ich es gewollt habe. Und obwohl das, was ich sehe, auf meinem eigenen Reißbrett entstanden ist (oder gerade deswegen), überkommt mich beim Anblick ihrer ebenso unterwürfigen wie herausfordernden Haltung für einen kurzen Moment das Gefühl, aus der Wirklichkeit zu treten.

Ich zwänge mich hinter sie und schließe die Tür. Sie sieht sich kurz um und lässt mich für einen Augenblick die Angst in ihren Pupillen erkennen, die Angst, es könne vielleicht ein anderer sein, der da hinter sie getreten ist. Wenn es überhaupt noch irgendeines Details bedurft hätte, um mein Verlangen zu steigern, dann ist es dieser Blick.

Ich presse mich an sie, greife ihr ohne Zärtlichkeit an die Fut, berausche mich daran, wie feucht sie schon wieder ist. Dann hole ich meinen Schwanz aus der Hose, wobei ich ein

Zittern meiner Finger registriere. Aber bevor ich in sie eindringen kann, muss ich erst noch ihre Position korrigieren, ihr den Rücken ein Stück nach unten, ihre Beine weiter nach außen drücken. Und das alles dauert viel zu lange, obwohl es in wahnsinniger Hast vonstatten geht, verbreitet eine Hektik, die an Raserei heranreicht; als würden Tiere übereinander herfallen, die jahrelang in Einzelhaft gehalten wurden. Und genauso ficken wir dann auch. Ich stoße in sie hinein, als ob ich mir Amphetamine gespritzt hätte, sie antwortet mit harten, stakkatohaften Bewegungen ihres Beckens. Zwar gibt sie sich dabei wirklich Mühe, leise zu sein, aber zu hundert Prozent gelingt ihr das nicht. Und so bemerken wir erst, dass jemand anderer die Toilette betreten hat, als die Tür zur Nebenkabine ins Schloss fällt. Wahrscheinlich muss der weibliche Teil des Pärchens seine drei Latte Macciato ausscheiden. Augenblicklich verharren wir in nahezu vollständiger Reglosigkeit, bewegen uns so langsam, dass der Unterschied zwischen Qual und Luststeigerung nicht mehr auszumachen ist, während neben uns gepisst, Klopapier abgerissen und gespült wird.

Als endlich Wasser aus dem Hahn plätschert, bin ich kurz vorm Durchdrehen – ich will nur noch ficken, ich will stupide vor mich hin rammeln wie ein Fahrlehrer, der seinen ersten Home-Porno dreht, aber noch bevor das emsige Händewaschen sein Ende gefunden hat, verraten Schritte in unmittelbarer Entfernung, dass sich mittlerweile eine weitere Person im Raum befindet. Sie stoppt kurz vor unserer Tür, allerdings ohne die Klinke zu betätigen. Dann entfernt sie sich wieder und beginnt geräuschvoll herumzukramen. Wahrscheinlich ist es die Bedienung, die irgendwas zu beschicken hat. Vielleicht brauchen sie an der Theke eine Herz-Lungen-Maschine, die ausgerechnet hier gelagert wird. Was auch immer es ist, das sie da sucht oder einsortiert, sie benötigt jedenfalls endlos dafür.

Ich wühle derweil noch immer in Tanja herum wie ein Zombie auf Valium, gleichzeitig keimt in mir der Gedanke, dass es nicht unklug wäre, demnächst von hier zu verschwinden. Wir haben den Gipfel der Geilheit fast erreicht. Warum diesen Zustand nicht noch verlängern?

»Lass uns abhau'n«, flüstere ich Tanja ins Ohr, als das Rumgekrame endlich aufhört und kurz darauf eine Tür zuschlägt. »Wir treffen uns in drei Minuten draußen.«

Sie gibt einen unverständlichen Laut von sich, den ich kurzerhand als Zustimmung deute. Ich bin ohnehin schon dabei, meinen Pimmel zurück in die Jeans zu stopfen.

Nachdem ich die Kabine geöffnet und den Waschraum durchquert habe, schlüpfe ich unbeobachtet auf den Gang und schlendere zurück an meinen Tisch. Den Whisky kippe ich im Stehen, das abgestandene Bier opfere ich dem Schutzpatron der Leber- und Nierengeschädigten.

Als ich an die Theke trete, um zu zahlen, sehe ich mich erneut dem indignierten Blick der Blonden ausgesetzt. Mittlerweile hat er sich allerdings um die Komponente *mittelmäßig faszinierter Ekel* erweitert. Fehlt nur noch, dass sie mir auf den Schwanz starrt, der sich, wenn auch nicht mehr vollständig erigiert, immer noch deutlich genug hinter dem Stoff meiner Hose abzeichnet. Ich verzichte auf die drei Mark Wechselgeld und sehe zu, dass ich auf die Straße komme.

Dort nutze ich den Moment des Alleinseins, um mir zu überlegen, wie es weitergehen soll. Am liebsten würde ich jetzt zu Tanja oder zu mir fahren. Aber wir wohnen beide nicht unbedingt in der Nähe, und ich will die Atempause nicht zu groß werden lassen, will auf keinen Fall das Risiko eingehen, den Zustand, in den wir uns gegenseitig versetzt haben, zu beschädigen. Also werden wir es im nächstbesten Hinterhof treiben müssen, denke ich. Aber dann fällt mir doch noch etwas ein. Keine fünfhundert Meter entfernt befindet sich der größte

Sexshop der Stadt, und in dem wiederum gibt es eine ganze Anzahl abschließbarer Videokabinen.

Als Tanja auf mich zutritt, nehme ich sie bei der Hand und schlage ein zügiges Tempo an. Artig trippelt sie neben mir her. Offenbar hat sie es nicht minder eilig. Dass ich ihr nicht erkläre, wo es hingeht, scheint sie nicht zu stören.

Erst als der zweigeschossigen Laden neben uns auftaucht und ich Anstalten mache, auf den Eingang zuzusteuern, durchbricht sie das Schweigen.

»*Da* rein?« Ihre Stimme klingt eher ungläubig als ängstlich. Trotzdem verlangsamt sie ihre Schritte.

»Schiss?« Ich sehe sie herausfordernd an.

»Nein, Schiss nicht. Eher …« Sie lächelt scheu. Wahrscheinlich kann sie sich einfach keinen Reim darauf machen, warum sie mir in ein Kaufhaus folgen soll, auch wenn dieses Kaufhaus unübersehbar mit Sex zu tun hat.

»Hör zu«, sage ich, »am liebsten würde ich dich hier auf dem Bürgersteig ficken. Ich bin so geil, dass mir meine Umgebung fast egal ist. Aber da drin gibt's einen Ort, an dem wir allein sein können.«

Das genügt ihr.

»Okay«, sagt sie, und sieht mit einem Mal deutlich entschlossener aus.

Die wenigen Menschen, an denen wir auf unserem Weg durchs Erdgeschoss vorbeikommen, schenken uns keinerlei Beachtung. Die Zeiten, in denen die Anwesenheit weiblicher Kunden in Läden wie diesem noch etwas Exotisches besaß, sind vorbei.

Die Kabinen befinden sich in einem zweiten, leicht abgedunkelten Raum, der sich an die Rückwand des ersten anschließt. Komplett in Schwarz gehalten und auf Hochglanz gewienert verheißen sie dem Zahlungswilligen einen Höhepunkt in durch und durch klinischer Atmosphäre. Ich steuere den erstbesten dieser Monolithen an, öffne die Tür und lotse Tanja ins Innere.

Eine lederbezogene Bank, ebenfalls in Schwarz; ein Mülleimer; die unverzichtbare Schachtel Kleenex; ein in die Wand eingelassener Fernseher; eine Schalttafel, mit deren Hilfe die Auswahl der Filme getroffen werden kann. Es ist eng, aber für zwei reicht der Platz.

Ich habe keinerlei Ahnung inwieweit die Wände schalldicht sind, also suche ich meine Taschen nach einem Markstück ab, damit wir auch in akustischer Hinsicht ungestört sein können. Auf die Schnelle finde ich nur einen Fünfer, aber den akzeptiert der dafür vorgesehene Schlitz nicht minder bereitwillig. Augenblicklich beginnt der Bildschirm zu flimmern. Ich kann gerade noch ein stark geschminktes Frauengesicht erkennen. Dann nimmt mir Tanja die Sicht, die mittlerweile auch den letzten Rest Scheu abgelegt und offenbar keine Lust hat, noch eine Sekunde länger zu warten, vielmehr jetzt und sofort bedient werden möchte. Mit dem Rücken zum Filmgeschehen holt sie meinen Schwanz aus der Hose, wichst ihn kurz, bis er hart genug ist, dann drückt sie mich auf die Bank, schlingt mir die Arme um den Nacken und beginnt mich langsam und gefühlvoll zu reiten.

Vom Film bekomme ich nur den Sound mit, und auch den nur am Rande. Meine Konzentration gilt dem echten Leben, und das läuft in der Schutzzone, die die Kabine uns gewährt, natürlich auch nicht geräuschlos ab.

Plötzlich schraubt sich aus den Lautsprechern allerdings etwas in meine Ohren, das ich nicht ignorieren kann. Es ist durchdringend, es ist unangenehm und es wiederholt sich in regelmäßigen Abständen. Es klingt, als ob jemand furzen würde.

»Scheiße, was ist das?«, stoße ich hervor.

Tanja überhört die Bemerkung.

»Komm, mach's mir von hinten«, stöhnt sie und ist schon dabei, von meinem Schwanz zu steigen.

Da sie sich gleich darauf mit den Händen rechts und links neben dem Bildschirm abstützt, kann ich wieder nichts erkennen, aber nachdem ich ein paar Mal in sie hineingestoßen habe, interessiert mich das auch nicht mehr. Egal, ob da jemand furzen oder scheißen oder kotzen muss, ich spüre, dass es mir bald kommen wird. Nichts anderes ist jetzt noch von Bedeutung als die Laute, die Tanja ausstößt und die Frequenz, mit der mein Schwanz darauf zu reagieren versucht. Als sie dann aber den rechten Arm wegzieht, um sich den Kitzler zu reiben, und dabei auch noch den Kopf zur Seite dreht, ist die Mattscheibe plötzlich frei.

Sie zeigt die stark geschminkte Frau von vorhin, wie sie – unbekleidet bis auf Turnschuhe und Socken – auf einem Tretroller wieder und wieder an einem guten Dutzend männlicher Darsteller vorbeifährt. Sie sind mal jünger mal älter, haben Schmer- oder Waschbrettbäuche und besitzen unterschiedliche Hautfarben, aber sie alle reiben ihre Schwänze mit der gleichen Zielstrebigkeit, während die Aktrice auf dem Roller in unregelmäßigen Abständen *tatsächlich* Luft aus ihrem Darm entweichen lässt. Das ist so bizarr, so erbärmlich, so bar jeder Sinnlichkeit, dass ich um- oder ausschalten möchte. Aber meine Finger finden die Schalttafel nicht und dann verliert sich der Gedanke wieder, umgehend ersetzt von dem Wunsch, hier endlich zum Ende zu kommen.

Als den ersten schließlich der Kleister über die Finger rinnt, hat auch Tanja ihren Abgang, und dann spritze ich, die ganze Jämmerlichkeit des Menschengeschlechts vor Augen, endlich selber ab.

VII

Tanja trinkt schneller als gewohnt und ist auch sonst ziemlich aufgedreht. Sie lacht laut und viel und plappert ohne Ende, wobei sie selten länger als ein paar Minuten beim selben Thema bleibt. Anfänglich habe ich dieses Benehmen aufs Ficken zurückgeführt; nicht zuletzt weil sie schon im Taxi hierher ungewohnt redselig war. Mittlerweile glaube ich allerdings, dass ihre Ausgelassenheit weniger dem Sex an sich, sondern vielmehr den *Umständen* geschuldet ist, unter denen unser Schäferstündchen stattgefunden hat. Sie ist ihrer sterilen Wohlfühl-Welt für einen Moment entflohen, hat sich stattdessen auf die keimbesetzte Seite des Daseins hinübergewagt und nun ist sie ganz einfach *stolz* auf sich.

Ich bin ebenfalls recht aufgeräumter Stimmung; schließlich weiß ich um meinen Anteil an ihrem Hochgefühl. Und so lasse ich sie gewähren, beschränke mich auf die Rolle des Stichwort gebenden Mundschenks. Dass ich sie heute Nacht ein weiteres Mal vögeln werde, ist eine unausgesprochene Selbstverständlichkeit. Ihr Zustand kommt meinen Ideen dabei durchaus entgegen: Es ist sicher schon gute zwei Stunden her, dass wir aus dem Sexshop in meine Wohnung umgesiedelt sind, und mittlerweile ist es nicht mehr die erlebte Verruchtheit allein, die ihr die Farbe ins Gesicht treibt – die anderthalb Flaschen Wein, die sie seit unserer Ankunft in sich hineingeschüttet hat, tun das ihrige.

»Wie kommt es eigentlich, dass du dir dein Schamhaar nicht rasierst?«, frage ich, als sie ihren Redefluss unterbricht, um sich ein weiteres Glas einzuschenken.

Sie stellt die Flasche ab und sieht mich erstaunt an.

»Keine Ahnung.« Sie macht eine Pause. »Darüber hab ich noch nie nachgedacht.«

Das nehme ich ihr nicht ab – ich habe die Zeitgeist-Magazine gesehen, die sie in ihrer Wohnung herumliegen hat –, behalte das aber lieber für mich.

»Wieso? Stört's dich?«

»Um ehrlich zu sein: ja.«

Sie schweigt eine Weile, dann sagt sie: »Ich kann das ändern, wenn du willst.«

»Nein, *ich* würde das gerne ändern.«

»Wie? *Du* willst mir die …«

Ich entbinde sie von der Peinlichkeit, ihr Geschlechtsorgan zu benennen. Es würde ohnehin auf den albernen Ausdruck *Muschi* hinauslaufen.

»Ja, ich würde dir gern die Fotze rasier'n.«

»Aber kannst du …? Also hast du denn schon mal …?« Sie macht große Augen. Wahrscheinlich hat sie Angst, ich könne sie verletzen.

»Keine Sorge, das einzige was dabei Schaden nehmen wird, ist meine gute Erziehung.« Ich setze ein süffisantes Lächeln auf, versuche den gestandenen Routinier zu geben.

Sie überlegt.

»Und du meinst … *komplett*?!«

»Was sonst?!«

»Na, gut«, sagt sie schließlich, klingt dabei aber nicht so, als ob sie sich ihrer Sache sicher wäre.

»Hör zu. Du nimmst noch einen Schluck Wein, ziehst dich aus und lehnst dich ganz entspannt zurück«, versuche ich sie zu beruhigen. »Ich bereite in der Zeit alles vor.«

Sie nickt leicht, und auch ihre Augen scheinen Zustimmung zu signalisieren. Aber ich will es hören.

»*Okay*?«

»Okay«, sagt sie.

Im Bad fülle ich eine Schüssel mit Wasser, werfe mir ein Handtuch über die Schulter und nehme Nagelschere, Rasierschaum und Einwegrasierer aus dem Schrank.

Als ich ins Schlafzimmer zurückkehre, ist sie tatsächlich nackt, liegt mit leicht angewinkelten Beinen auf der Bettdecke. Ich stelle die Schüssel auf die Fensterbank und breite das Handtuch unter ihren Schenkeln aus. Dann setze ich mich, ihrem Gesicht den Rücken zugewandt, auf die Bettkante und beginne, den leicht erreichbaren Teil der dunklen Löckchen so vorsichtig wie möglich mit der Schere zu kürzen. Ursprünglich hatte ich dafür meine Haarschneidemaschine einsetzen wollen, aber das hätte der Prozedur die Sinnlichkeit genommen. So dauert es länger, dafür bleibt uns der eintönige Klang der elektrischen Schermesser erspart.

Tanja hat mittlerweile die Augen geschlossen und wirkt einigermaßen relaxed. Ich forciere diesen Zustand, indem ich eine kurze Pause einlege und ihr mit den angefeuchteten Kuppen von Zeige-, Mittel-, und Ringfinger mehrmals über die Schamlippen fahre. Wie erwartet, stöhnt sie leise auf. Als sie anfängt, unruhig auf ihrem Hintern herumzurutschen, greife ich wieder zur Schere.

Als meine linke Hand irgendwann kein Härchen mehr greifen kann, das noch lang genug wäre, um nicht vom Rasierer beseitigt zu werden, rolle ich die abgeschnittenen Flusen zu einem Knäuel zusammen, das ich in einen der beiden neben dem Bett platzierten Aschenbecher entsorge. Den anderen ziehe ich zu mir heran, greife nach meinen Kippen und zünde mir eine an. Nach dem ich einen Zug genommen habe, beuge ich mich vor und bearbeite Tanjas Spalte ein paar Sekunden lang mit dem Mund. Das wiederhole ich so oft, bis meine Zungenspitze gänzlich mühelos in sie eindringen kann. Dass sich dabei immer wieder Teile der abgetrennten Härchen auf meine Lippen verirren, hält mich nicht davon ab, mich ins

Zeug zu legen. Ich will Wirkung erzeugen, bevor ich mit der eigentlichen Rasur beginne.

Als ich mir schließlich die erste Ladung Schaum auf die Fingerspitzen sprühe, ist Tanja denn auch entsprechend zappelig.

»Komm, lass uns 'ne Pause machen. Fick mich ein bisschen«, flüstert sie mit belegter Stimme.

Obwohl ich längst einen Steifen habe, ignoriere ich ihre Bitte. Stattdessen gebe ich mir bei der Verteilung des Schaums alle Mühe, sie weiter zu triezen. Dann stelle ich die Schüssel aufs Handtuch, angle mir den Rasierer, setze die Klinge am oberen Rand ihres Venushügels an und arbeite mich Stück für Stück zu den schwierigen Stellen vor. Als ich soweit gekommen bin, dass auch die Partien links und rechts der Schamlippen ausschließlich glänzendes, gerötetes Fleisch präsentieren, lecke ich ihr die marginalen Reste des Schaums kurzerhand mit der Zunge ab.

»Oh, Gott«, keucht Tanja, und klingt dabei fast schon ärgerlich, »gib mir deinen Schwanz!«

Mittlerweile will auch ich selbst eigentlich nichts anderes mehr. Aber ich habe den Ehrgeiz, einen perfekten Job abzuliefern, bevor wir zu vögeln anfangen. Und da ist immer noch der Damm, also der Bereich zwischen Vagina und Anus.

»Später«, sage ich deshalb, und fordere sie auf, sich umzudrehen, sich auf die Ellenbogen zu stützen und mir ihren Hintern möglichst weit entgegenzustrecken. Ich rechne damit, dass sie zumindest herumquengelt oder sich gleich ganz verweigert. Aber sie folgt meinen Anweisungen überraschend bereitwillig.

Natürlich machen mich ihre ausgestreckten, auseinanderklaffenden Backen erst recht irre. Trotzdem versuche ich konzentriert und gewissenhaft weiterzuarbeiten – auch wenn mir mein aufgewühltes Hirn etwas anderes eingeben will. Dafür bricht sich die aufgestaute Erregung verbale Bahnen: wie extrem mich ihr Arsch anturnen würde, wie hart mein Schwanz bereits sei und wie geil es käme, gleich ihre frisch rasierte Fotze zu ficken. Das übliche banale Gelaber eben. Tanja antwortet darauf mit fordernden Lauten und erneutem Herumgezappel. Und am Ende habe ich Mühe, sie nicht doch noch zu schneiden.

Als ich den Rasierer dann ins Wasser fallen lasse, die Schüssel vom Bett stelle und wir endlich vögeln, lässt Tanja sich dermaßen gehen, dass ich kurz davor bin, ebenfalls das letzte bisschen Bewusstsein über Bord zu schmeißen. Aber vorher will ich, dass sie ihre enthaarte Möse zu sehen bekommt. Also gleite ich aus ihr heraus und bitte sie, sich wieder auf den Rücken zu legen.

Nachdem ich dann erneut in sie eingedrungen bin, schiebe ich ihr die Linke unter die Schulterblätter und hebe ihren Oberkörper soweit an wie nur möglich. Der Anblick, der sich ihr bietet, bereitet ihr erwartungsgemäß Vergnügen.

»Scheiße, sieht das scharf aus. Gott, sieht *das* scharf aus!«, entfährt es ihr, während ich sie eine Zeit lang nur mit der Eichel stoße, damit sie auch meinen Schwanz gebührend betrachten kann.

VIII

»Es ist schräg«, sagt Tanja, während sich meine Hand unter den Saum ihres Slips schiebt, »seitdem du mich rasiert hast, habe ich selbst angezogen noch das Gefühl, vollkommen nackt zu sein.«

»Und? Gefällt's dir?«, frage ich so sachlich wie möglich.

»Ich weiß nicht«, antwortet sie lahm.

Ich kaufe ihr beides nicht ab. Weder den Ton noch den Inhalt ihrer Äußerung. Denn ich *weiß*, dass es ihr gefällt. Wie sonst ist es zu erklären, dass sie mittlerweile begonnen hat, sich selbst zu rasieren?! Wir haben uns fünf Tage nicht gesehen und meine Finger spüren nichts als glatte Haut.

»Worauf stehst du noch?« Ich spiele ein bisschen an ihrem Kitzler herum.

»Hey, ich hab nicht *gesagt*, dass ich darauf stehe!«, stößt sie mit gespielter Empörung hervor.

»Komm schon! Erzähl mir was.«

»Ich weiß nicht«, sagt sie wieder. Aber diesmal ist der Tonfall ein anderer. Sie ziert sich zwar, klingt dabei aber nicht so, als bräuchte es ein *größeres* Maß an Überredungskunst, sie zum Sprechen zu bringen.

»Na, los«, flüstere ich, den Mund dicht an ihrem Ohr, »verrat mir, was dich geil macht. Erzähl mir 'ne kleine Geschichte.« Ich massiere ihre Klitoris jetzt zielgerichteter.

Sie räkelt sich und stöhnt wohlig auf, bleibt aber ansonsten stumm.

Ich lasse ihr Zeit, konzentriere mich ausschließlich darauf, den Sekretausstoß ihrer Vagina zu erhöhen. Und tatsächlich gibt sie irgendwann nach, offenbart mir mit leiser Stimme eins ihrer Geheimnisse – anfangs noch stockend, bald immer flüssiger, am Ende hastig, fast atemlos.

»Ich hab im Bus gesessen. Im Sommer. Vor ungefähr zwei Jahren war das. Und ich hatte nicht viel an. Nur 'nen Rock und ein ziemlich enges T-Shirt. Schräg gegenüber stand so'n alter Knacker. Vielleicht zwei Meter entfernt. So um die sechzig, siebzig. Marokkaner oder Tunesier, auf jeden Fall Nordafrikaner. Irgendwann bemerke ich, wie der mich anglotzt. Und ich schaue ihn ebenfalls an, damit er das sein lässt. Aber den stört das überhaupt nicht. Der Typ hört einfach nicht auf, mich zu mustern. Als ob ich nichts weiter wäre als ein Stück Fleisch. Und seinen Augen ist deutlich abzulesen, dass er sich vorstellt, wie es ist, mich zu vögeln. Erst bin ich tierisch wütend geworden. Aber dann habe ich plötzlich gemerkt, dass mich das anmacht. Dass es mich *rattenscharf* macht, wie dieser widerliche, alte Sack mich mit den Augen fickt, verstehst du? Als ich ausgestiegen bin, war ich so feucht, dass ich es mir zu Hause sofort selber machen musste. Und dabei hab ich in einer Tour an die Szene aus dem Bus gedacht, hab mir vorgestellt, wie ich den Rock ein Stück hebe oder mit der Hand ganz beiläufig meine Brüste streife. Alles Mögliche eben, was den Typen noch stärker aufgegeilt hätte.«

Während sie erzählt, setze ich alles daran, sie zum Orgasmus zu bringen, wobei es mir das Liebste wäre, wenn sie ihren Abgang exakt am Ende ihrer kleinen Beichte bekäme. Aber so tricky sich meine Finger auch anstellen: Dieser Wunsch bleibt unerfüllt. Dabei ist Tanja deutlich anzumerken, wie sehr sie der eigene Wortfluss berauscht.

Um den Zauber nicht verfliegen zu lassen, entschließe ich mich, eine *meiner* Phantasien preiszugeben. Zumindest möchte ich Tanja das glauben lassen. In Wahrheit entstammt das, was ich ihr jetzt ins Ohr flüstere, einem pornografischen Comic, den ich mir während einer Italien-Reise gekauft habe.

Aber die Story passt einfach zu gut zu dem, was ich gerade aus ihrem Mund erfahren habe.

»Hör zu, stell dir folgendes vor: Wir sind mit dem Auto unterwegs. Ich fahre, du sitzt neben mir. Es ist bereits dunkel, aber immer noch so warm, dass wir die Fenster geöffnet haben. Du trägst nichts weiter als ein Top, einen kurzen Rock und hochhackige Schuhe. Wo es hingeht, habe ich dir nicht verraten, du weißt nur, dass am Ende unserer Fahrt etwas Besonderes geschehen wird. Natürlich bist du entsprechend nervös, trotzdem sagst du kein Wort. Und auch ich bleibe stumm. Nach ungefähr dreißig Minuten biege ich von der Landstraße in einen Waldweg ab. Ich kurble mein Fenster hoch und bitte dich dasselbe zu tun. Dann fordere ich dich auf, deine Tür zu verriegeln. Keine zwei Minuten später bringe ich den Wagen auf einem unbefestigten Parkplatz zum Stehen. Ich schalte die Scheinwerfer aus und die Innenbeleuchtung ein und lasse dich ein bisschen meinen Schwanz lutschen. Dann ziehe ich dir das Oberteil aus und schiebe deinen Rock bis zum Bauchnabel hoch. Ich beuge mich über dich und lasse eine Ladung Speichel auf deine Fotze tropfen. Während die Flüssigkeit langsam deine Schamlippen hinab läuft, stellst du deine Füße aufs Armaturenbrett und winkelst die Knie soweit ab wie nur möglich. Ich fasse dich an, konzentriere mich dabei aber ausschließlich auf deine Möse. Ich küsse dich nicht und berühre dich an keiner anderen Stelle deines Körpers. Je feuchter du wirst, desto mehr Finger schiebe ich dir rein. Als ich dich fast schon mit der Faust ficken kann, greife ich in die Ablage und er-setze meine Hand durch einen Dildo. Du schließt die Augen, aber ich bitte dich, sie wieder zu öffnen. Und dann, als du wirklich geil bist, als du, ohne darüber nachzudenken, deinen Kitzler zu reiben beginnst, schalte ich die Scheinwerfer wieder ein. Und da stehen sie, mindestens sechs Typen, gerade so weit vom Auto entfernt, dass sie einen guten Blick auf uns haben.

Sie haben ihre Schwänze hervorgeholt, die bedrohlich und obszön in unsere Richtung zeigen. Und während sich die Typen dreist einen abwichsen, ausnahmslos schweigend und ganz auf sich selbst konzentriert, starren sie dich gierig an, verschlingen deinen nackten Leib mit schamlosen Blicken. Aber wir sind absolut *safe*. Die Türen und die Fenster des Wagens sind fest verschlossen, außerdem macht keiner der Männer irgendwelche Anstalten, sich uns zu nähern; vielmehr scheinen sie alle einen respektvollen Abstand einzuhalten.«

An dieser Stelle muss ich unwillkürlich an die Freakshow denken, die wir uns in der Videokabine gegeben haben. Tanja hat zum Glück andere Bilder im Kopf.

»Oh, Gott, mir kommt's«, japst sie, bevor sie sich aufbäumt und – die Muskulatur vollständig angespannt – für einen kurzen Moment in dieser Haltung verharrt.

Ich gebe ihr die Zeit, die sie braucht, um wieder zu Atem zu kommen. Dann drücke ich ihr meinen Schwanz in die Möse.

Später, nachdem sie eingeschlafen ist, durchstöbere ich ihre CDs. Überraschenderweise ist einiges dabei, was mir gefällt. Ich schiebe *L'etat et moi* von Blumfeld in die Anlage. Dann öffne ich eine weitere Flasche Wein. Zwei hatten wir bereits gemeinsam geleert.

Zurück im Bett denke ich darüber nach, ob unsere Treffen auch funktionieren würden, wenn sie nüchtern stattfänden. Das Ergebnis ist so schlicht wie bedrückend: eher nicht. Die Gespräche würden mich langweilen, der Sex wäre deutlich weniger enthemmt. So aber ist das hier genau das, was ich mir gewünscht habe, ohne dass ich es im Vorfeld wirklich hätte benennen können.

Den Oberkörper an die Wand gelehnt, mustere ich Tanja unverblümt. Sie hat den Mund leicht geöffnet und präsentiert den Ansatz eines Doppelkinns. Da ist nichts Faszinierendes in ihrem Gesicht, nichts, was mich auch nur ansatzweise anspricht. Stattdessen regiert ein Zug, der an ein verzogenes Kind erinnert. Auch das Wenige, was die Bettdecke von ihrem Körper preisgibt (die leicht schwabbelige Haut ihres Oberarms, die fleischige Schulter, der unförmige Hals) löst nichts in mir aus. Und trotzdem fühle ich mich zu genau diesem Körper hingezogen. Denn wenn wir ficken, spielt all das Schlaffe und Feiste überhaupt keine Rolle mehr; mal ganz davon abgesehen, dass Tanjas ausladender Arsch meinen Vorstellungen eins zu eins entspricht und dass ich extrem darauf stehe, ihr, wenn sie unter mir liegt, in die fleischigen Falten ihres Bauches zu greifen. Wenn wir ficken, geht es so gut wie ausschließlich um Tanjas Wesen, um die Art, wie sie auf meine Wünsche und Bedürfnisse reagiert. Es geht um diese Mischung aus vermeintlichem Trotz und tatsächlicher Hingabe, die sie im Umgang mit mir an den Tag legt. Ich fühle keinerlei Liebe, während ich sie betrachte, ja noch nicht einmal Zuneigung, und doch ist da ein starkes Gefühl der Verbundenheit. Sicherlich gespeist aus der Gewissheit, dass noch einiges vor uns liegt.

Ich schenke mir nach und werfe einen Blick auf den Radiowecker. In sechs Stunden muss ich bei der Arbeit antanzen. Das wäre natürlich kein Problem, wenn ich mich bald schlafen legen würde. Nur verspüre ich noch nicht mal ein Minimum an Müdigkeit. Weitaus größer ist die Lust zu feiern. Ich möchte Tanjas Existenz begießen, und den Umstand, dass wir uns begegnet sind. Ich möchte den Moment festhalten und mit ihm das Gefühl, dass das, was mich mit ihr erwartet, eine Vielzahl an Grenzen aufheben wird. Die Entscheidungsfindung dauert noch nicht mal eine Zigarettenlänge. Morgen werden sie ihre Schrauben und Bohrer ohne mich zusammenklauben müssen. Vielleicht hänge ich den Job auch gleich ganz an den Nagel. Das frühe Aufstehen bekommt mir einfach nicht.

Als die Flasche leer ist, beschließe ich, zu mir zu fahren. Tanja und ich sind noch nie zusammen aufgewacht. Außerdem wartet in meiner Wohnung noch ein bisschen Gras auf mich. Der Gedanke, ihr eine Nachricht zu hinterlassen, verschwindet so schnell, wie er gekommen ist.

IX

Es gibt nicht viel, was an das Gefühl heranreicht, den Käfig, den ein durch Lohnarbeit geregelter Tagesablauf naturgemäß darstellt, von jetzt auf gleich zu verlassen. Abgestumpft und übermüdet schleppst du dich wieder und wieder an zumeist freudlose Stätten, an denen dir für ein paar Kröten pro Stunde die Energie aus dem Leib gepresst wird. Und natürlich ist da *stets* der Gedanke, es sein zu lassen, der Tretmühle, wenigstens für eine Weile, den Rücken zu kehren oder gleich ganz aufzustecken. Nur mit der Umsetzung will es im seltensten Fall etwas werden. Bis dann der Tag anbricht, an dem sich der unterschwellige Widerwille und die daraus resultierenden, bisher eher losen Ideen von Flucht zu einem tatsächlichen *Entschluss* verdichten. Vor dem Werkstor kehrtmachen und den Weg in die nächste Grünanlage oder ins Schwimmbad einschlagen; während der Mittagspause verschwinden und dabei die köstliche Gewissheit verspüren, nie mehr zurückzukehren; oder einfach im Bett liegen bleiben und sich vorstellen, wie sich dein Vorgesetzter gleich in den Arsch beißen wird, weil du seinen mit echter Hingabe ausgeklügelten Dienstplan durcheinander gebracht hast – diese seltenen Momente, diese meist viel zu kurzen Freigänge gilt es auszukosten. Und genau das tue ich, während ich mit einem Joint in der Hand am geöffneten Fenster sitze und den Morgen langsam heraufziehen sehe. Auf dem Weg hierher habe ich mir an der Tanke noch ein Sixpack besorgt. Und wie es der Zufall will, reicht das Bier gerade so lange, wie es braucht, um die anderthalb Gramm Gras vollständig wegzumachen.

Als ich gegen sechzehn Uhr, also ungefähr neun Stunden später, erwache, hat sich die Freude verflüchtigt, und es ist mir reichlich egal, ob ich einen Dienstplan durcheinander gebracht habe oder nicht. Mich beschäftigen einzig und allein der pochende Schmerz in den Schläfen, der schier unerträgliche Durst und der Drang, meine Blase zu leeren.

Trotzdem werfe ich auf dem Weg ins Badezimmer einen kurzen Blick auf den Anrufbeantworter. Die rote Leuchte glimmt vor sich hin. Offenbar hat mein Fernbleiben im Versandhandel nicht allzu viel Aufregung verursacht. Umso besser. Jetzt muss ich nur noch zusehen, dass ich beizeiten meinen Lohn bekomme.

Zurück im Bett werfe ich den Fernseher an. Wie zu erwarten, hat das Programm zu dieser Tageszeit nur wenig Stimulierendes zu bieten, aber mir fehlt die Kraft, mich anderweitig zu beschäftigen. Ich verfolge die letzte halbe Stunde einer Dokumentation über den Sturz Ceausescus. Dann schalte ich ziellos von einem Kanal zum anderen, lasse mich mal kürzer, mal länger von Talkshows, Gerichtssendungen, »Promi-News« und anderem Trash berieseln. Zwischendurch quäle ich mich in die Küche, um eine Fertigpizza in den Ofen zu schieben. Die Viertelstunde, die es braucht, bis das Teil genießbar ist, verbringe ich wieder im Bett. Und dort verzehre ich den nährstoffarmen Fraß dann auch.

Kurz vor der Tagesschau schlägt das Telefon plötzlich an. Ich verspüre keinerlei Lust auf eine Unterhaltung und will die leidige Angelegenheit dem AB überlassen. Aber als ich Tanjas Stimme höre, ändere ich meine Meinung. Ein schneller Griff nach meinen Zigaretten, dann bin ich im Flur und hebe ab.

»Ich fand's echt schade, dass du nicht geblieben bist«, sagt sie gerade, und obwohl sie sich Mühe gibt, ihre Worte beiläufig klingen zu lassen, meine ich einen leicht gekränkten Unterton zu vernehmen.

»Tut mir leid, ich konnte nicht schlafen.«

»Hey, du bist ja *doch* da.«

»Hab im Bett gelegen und ferngesehen.«

»Ach, so … Stör ich dich?«

»Nein, überhaupt nicht.«

Ich müsste jetzt ein bisschen plaudern, eine Beschreibung meiner seelischen und körperlichen Befindlichkeit abliefern. Aber genau diese Befindlichkeit weiß das zu verhindern. Ich bin einfach zu weich im Kopf, zu mundfaul für Smalltalk. Es entsteht eine unangenehme Pause, bis Tanja schließlich die Stille unterbricht.

»Wart mal 'nen Moment«, sagt sie und hat den Hörer schon zur Seite gelegt. Wahrscheinlich schenkt sie sich Wein nach.

Ich höre sie mit etwas Gläsernem herumhantieren, dann ist ihre Stimme wieder da.

»Wollen wir …« Sie nippt an ihrem Getränk. »Wollen wir uns morgen Abend treffen?«

Sie sagt das nicht so, als ob sie wirklich Lust dazu hätte. Aber warum sagt sie es dann?

Ich bin irritiert, sehe mich aber außerstande der Ungereimtheit auf den Grund zu gehen. Vielleicht hat sie erst während unseres Gesprächs gemerkt, wie sehr sie mein *heimliches Verschwinden* verärgert hat.

Ich für meinen Teil hätte sie jetzt am liebsten hier sofort bei mir. Im unerklärlichen Gegensatz zum Fehlen jeglicher Energie steigt meine Lust auf Sex je stärker ich verkatert bin. Außerdem könnte ich ihr bei dieser Gelegenheit gleich klarmachen, dass es keinerlei Grund gibt, einen Schmollmund aufzusetzen, nur weil ich in meinem eigenen Bett schlafen möchte. Voraussetzung dafür wäre natürlich, dass ich mich und die Wohnung vorher in einen halbwegs gesellschaftsfähigen Zustand brächte. Auch sonst hätte ich einiges zu tun, zu dem ich mich einfach nicht in der Lage sehe, reden zum Beispiel. Also doch besser morgen.

»Um neun bei mir?«

»Okay, um neun.« Sie zögert, scheint noch etwas loswerden zu wollen.

Ich beeile mich, das abzubiegen. Habe plötzlich keinen Nerv mehr, auch nur eine Sekunde länger mit ihr zu sprechen: »Alles klar. Ich leg mich wieder hin.«

»Ja ... gut ... Bis morgen dann.«

Wieder im Bett widme ich mich erneut dem Bildschirmgeschehen. Die Nachrichten laufen noch. Gerade ist ein Flugzeugabsturz an der Reihe. Ich rapple mich ein letztes Mal auf und schiebe einen Porno in den Videorecorder.

Am nächsten Tag wache ich noch vor elf Uhr auf und nutze die frühe Stunde, um meinen Abschied aus der Welt der Lageristen auch formal zu vollziehen. Meine telefonische Kündigung wird von einer Sekretärin entgegengenommen, die dermaßen lethargisch und uninteressiert klingt, dass ich sie am Ende des Gesprächs gleich zweimal darauf hinweise, dass mir noch Lohn zusteht. Nachdem sie mir versprochen hat, den Betrag zu überweisen, mache ich mich auf den Weg zur Jobvermittlung und tausche bei der Gelegenheit zwei Tüten Leergut ein. Wer weiß, wann die Kohle ankommt.

In der Agentur wartet dann das große Los auf mich: drei Mal die Woche von zehn Uhr abends bis zwei Uhr morgens in der Druckerei der örtlichen Tageszeitung. Und das für nicht weniger als fünfundzwanzig Mark die Stunde. Anfangen soll ich am Sonntag, habe also noch zwei freie Tage vor mir.

Die Aussicht auf den nächsten Verdienst reicht aus, um am Geldautomaten ordentlich zuzulangen. Ich schöpfe meinen Dispo-Kredit nahezu aus, nur um den Großteil der Scheine gleich darauf im nächsten Supermarkt auf den Kopf zu hauen, wobei ich darauf achte, Kippen für mindestens eine Woche aufs Laufband zu packen. Bier und Wein sollten wenigstens bis Sonntag reichen.

Als Tanja bei mir klingelt, habe ich bereits die dritte Halbliterdose *Wolters* geknackt, und vielleicht liegt es am, wenn auch nur minimalen, Anstieg meines Blutalkohols, ganz sicher aber an diesem unerwartet lauen Septemberabend, dass ich beschließe, für heute eine der grundlegenden Bestimmungen unseres Zusammenseins außer Kraft zu setzen. Im nahe gelegenen Park ist an Abenden wie diesen zwar ein gehöriger Menschenauftrieb zu erwarten, aber die Chance dort jemanden zu treffen, den ich kenne, ist gering. Der Großteil meiner Freunde wohnt in anderen Stadtvierteln. Außerdem wird es bereits dunkel.

»Lass uns rausgehen«, sage ich, nachdem wir den ersten obligatorischen Körperkontakt hinter uns gebracht haben.

Tanja scheint kein bisschen überrascht, hat den Regel-Katalog, den ich am Anfang aufgestellt habe, wahrscheinlich vergessen oder noch nie wirklich ernst genommen. Ein Grund mehr, ihr die wesentlichen Punkte noch einmal einzutrichtern.

Glühende Grillkohle so weit das Auge reicht, zwei, drei kleinere Feuer und das unvermeidliche Bongogetrommel – es herrscht noch mehr Betrieb als angenommen, aber wir finden einen einigermaßen ruhigen Platz hinter einer Reihe dichter Büsche. Vor uns liegt ein kleiner Teich, der kaum noch Wasser führt und einen modrigen Geruch verbreitet. Ich entkorke den Wein, den sie mitgebracht hat, und gebe ihr die Flasche. Dann nehme ich einen Schluck Bier und zünde mir eine Zigarette an.

»Hör mal, es kann nicht sein, dass du schlecht abfährst, nur weil ich keinen Bock habe, bei dir zu schlafen.«

»Wie kommst du denn *da* drauf?«

Ich kann ihr Gesicht nur noch schwach erkennen, sehe die Falten oberhalb ihrer Nasenwurzel aber deutlich vor mir. Auch den empörten Blick kann ich mir nur zu gut vorstellen.

»Deine Stimmung war gestern am Telefon einfach nicht zu überhören.«

Sie denkt einen Moment nach, wahrscheinlich darüber, wie sie sich am geschicktesten aus der Affäre ziehen kann, kommt dann aber doch mit der Wahrheit rüber.

»Ich fand's halt scheiße, dass du noch nicht mal 'nen Zettel dagelassen hast oder so was.«

»Hey …« Ich bemühe mich, meine Stimme so sanft wie möglich klingen zu lassen. »Es geht doch gerade darum, diesen ganzen Pärchen-Mumpitz zu vermeiden. Diese tausend kleinen Dinge, die eben noch Spaß gemacht haben und plötzlich nur noch lästige Verpflichtungen darstellen, diese unsäglichen Kontrollmechanismen – genau das ist es doch, was das … was das Leben tötet.« Um ein Haar hätte ich *Liebe* gesagt, aber auch so klingt mein Vortrag reichlich pathetisch. Ich gehe ein bisschen vom Gas. »Schon vergessen, was wir am Anfang besprochen haben?«

»Nein, aber …«

Das glaube ich ihr nicht. Aber es spielt keine Rolle, was sie bis eben gedacht hat. Wichtig ist, dass sie hier und heute begreift, dass es bei dem, was uns verbindet, noch nicht mal um den *Ansatz* einer klassischen Beziehung geht.

»Es würde mir zum Beispiel nichts ausmachen, wenn du dich auch von anderen ficken lässt. Im Gegenteil, es würde mich anturnen. Das Einzige, was ich verlange, ist, dass du mir hinterher davon erzählst.«

Wie zu erwarten, lässt sie das unkommentiert.

Ich würde jetzt alles dafür geben, wenn ich ihren Blick auffangen könnte, aber es ist einfach zu dunkel. Also hake ich nach: »Verstehst du, was ich damit sagen will?«

Sie setzt sich den Wein an die Lippen, hat offenbar keine Lust zu antworten.

»Oder willst du was anderes?«

»Nein«, sagt sie endlich. »Nein, wahrscheinlich nicht.«

Ich lasse das so stehen, auch wenn es nicht wirklich überzeugend klingt. Ich bin die Sätze losgeworden, die ich loswerden wollte. Es gibt keinen Grund, weiter in sie zu dringen. Wenn sie das, was ich gerade gesagt habe, wirklich zu schlucken bereit ist, wenn sie dieses Pfund akzeptieren kann, wird sich alles Weitere von allein regeln.

Nachdem sie mit ihrer Flasche fertig ist, vögeln wir. Im Liegen auf der Seite, sie mit dem Rücken zu mir. Ein banaler, kleiner Fick, der es im Vergleich zu unseren vorangegangenen Begegnungen deutlich an Intensität vermissen lässt. Mir fehlt der Anblick ihres Körpers und mir fehlt ihre bisher an den Tag gelegte Hemmungslosigkeit. Was Tanja fehlt, kann ich nur erahnen. Als dann auch noch zwei angetrunkene Gören auftauchen, die nur ein paar Meter von uns entfernt eine lautstarke Diskussion über irgendein Arschloch aus ihrem Freundeskreis beginnen, steht fest, dass wir das hier endgültig vergessen können. Ohne dass ich abgespritzt hätte, lässt meine Erektion bereits nach, also mache ich den Vorschlag, zurück in meine Wohnung zu gehen.

Dort angekommen kriege ich plötzlich Lust, mich unter die Dusche zu stellen. Ich frage Tanja, ob sie mir dabei Gesellschaft leisten will, aber sie will nicht. Während ich in die Küche gehe, um für sie eine neue Flasche aufzumachen, studiert sie meine CDs und wählt zu meinem großen Erstaunen eine Best of von Hans Albers.

»Okay, bis gleich«, sage ich, nachdem ich ihr die Flasche und ein Glas hingestellt habe, und begebe mich zu den Klängen von »Ganz da hinten wo der Leuchtturm steht« ins Bad.

Während ich mich unter dem lauwarmen Wasserstrahl mit Duschgel einseife, lässt es sich gar nicht vermeiden, dass mein Schwanz wieder steif wird, und ich beginne zu überlegen, wie ich Tanja gleich dazu bringen kann, einen zweiten Versuch zu starten. Das missmutige Schweigen, das sie drauf hatte, als ich ihr den Wein gebracht habe, lässt vermuten, dass das nicht ganz einfach werden wird.

Als ich keine zehn Minuten später, mit einem Handtuch um die Hüften, zurück ins Schlafzimmer trete, stelle ich fest, dass ich mir meine Überlegungen hätte sparen können. Sie ist weg. Dafür liegt ein Zettel auf dem Bett.

Deine Selbstherrlichkeit kotzt mich an! steht da in einer auffallend schönen Schrift. Und darunter: *Goodbye, Johnny*. Eine Anspielung auf eins der Hans-Albers-Stücke. Seltsamerweise läuft es gerade. Das heißt: So seltsam ist das gar nicht, denn als es sich gleich darauf wiederholt, wird klar, dass Tanja an meiner Anlage die entsprechende Funktion gewählt hat.

Ich drücke auf Stopp. Dann hole ich mir ein Bier aus dem Kühlschrank. Ich bin weder verärgert noch traurig, zumal ich nicht daran glaube, dass diese kargen Zeilen irgendeine Endgültigkeit besitzen. Aber ich bin zugegebenermaßen perplex, verstehe Tanjas Abgang nicht. Sicher muss er als Reaktion auf das verstanden werden, was ich ihr vorhin gesagt habe. Aber warum hat sie damit gewartet, bis wir bei mir waren? Wieso hat sie vorher noch mit mir gevögelt? Ich schiebe diese Fragen beiseite. Vielleicht ist Tanjas Fluchtinstinkt ja auch von etwas ganz anderem geweckt worden. Vielleicht hat sie einfach nur einen Anlass *gebraucht*. Ich werde ihr zwei oder drei Tage geben und *danach* versuchen, das herausfinden.

Ich trinke mein Bier aus und trage die leere Dose, die Weinflasche und Tanjas unbenutztes Glas in die Küche. Dann ziehe ich mich an. Ich habe nicht vor, diesen Abend allein zu verbringen. Immerhin ist Freitag, also ausreichend williges Fleisch im Angebot.

Da es für die Clubs noch zu früh ist, beschließe ich, die nächsten ein oder zwei Stunden in der High-Bar totzuschlagen, einem schmalen Kellerloch mitten im Amüsierviertel. Zwar ist es dort um diese Zeit häufig zu voll, aber ich kenne einige der Tresenkräfte, darf mir also berechtigte Hoffnungen auf das ein oder andere Freigetränk machen. Dass Nadine hier häufiger abhängt, schreckt mich in diesem Moment nur bedingt. Ich bin ihr einfach schon zu lange nicht mehr begegnet.

Es ist denn auch gar nicht Nadine, es ist ein anderes Mädchen, das mich komplett aus der Spur bringt. *Tanja* ist hier! Ich entdecke sie, noch während ich mir auf halber Treppe einen Überblick verschaffe. Sie sitzt an der Bar und unterhält sich mit Frank, dem Besitzer, der heute anscheinend im Ausschank mithelfen muss. Meine erste Reaktion ist absoluter Unglaube. Es kann nicht sein, dass Tanja ausgerechnet in diese Pinte getrabt ist. Ich habe sie in der High-Bar noch nie gesehen. Und wenn ich gefragt worden wäre, ob sie dort verkehrt, hätte ich ohne zu zögern eine größere Summe dagegen gesetzt. Zusätzlich bin ich aus einem diffusen Grund davon ausgegangen, dass sie zu sich nach Hause gefahren ist. Mit Sicherheit habe ich den Grad ihrer Erschütterung überschätzt.

Ich bin kurz davor kehrtzumachen, dann wird mir bewusst, dass dafür überhaupt kein Anlass besteht. Ich habe mir nichts zu Schulden kommen lassen, was mich dazu verpflichten würde, mich von Tanja fernzuhalten. Und plötzlich bekomme ich richtig Lust herauszufinden, was passieren wird, wenn sie mitbekommt, dass ich ebenfalls hier bin. Noch scheint sie mich nicht gesehen zu haben.

Ich steige die restlichen Stufen hinab, zwänge mich durch die dicht gedrängten Leiber und erkämpfe mir einen Platz, der dem ihren beinahe gegenüberliegt. Frank ist mittlerweile mit anderen Gästen beschäftigt – das Gespräch der beiden also beendet oder wenigstens unterbrochen –, und Tanja weiß im Augenblick nicht so recht, wohin mit sich. Sie nippt alle paar Sekunden an ihrem Longdrink und dreht sich immer wieder um, so als hoffe sie darauf, irgendwo im Raum ein bekanntes Gesicht zu entdecken. Als sie sich zwischendurch eine Zigarette ansteckt, geschieht das mit einer Umständlichkeit, die ich an ihr nie zuvor beobachtet habe. Und genauso albern raucht sie dann auch. Mich bemerkt sie erst, als ich mir bei dem Mädchen, das für meine Hälfte der Theke zuständig ist, ein Bier bestelle. Vielleicht hat sie meine Stimme erkannt – was bei der vorherrschenden Lautstärke eigentlich unmöglich ist –, vielleicht ist es bloßer Zufall: Jedenfalls hebt sie, kaum dass ich meine Order aufgegeben habe, den Kopf und starrt für den Bruchteil einer Sekunde in meine Richtung. Dann wendet sie sich abrupt ab, und ich bekomme bis auf weiteres nur ihr Profil zu sehen.

Als Frank wieder in Reichweite ist, verwickelt ihn Tanja erneut in ein Gespräch, wobei sie demonstrativ laut lacht und auch sonst alles Erdenkliche unternimmt, um den Eindruck zu vermitteln, sie würde sich bombastisch amüsieren. Ich trinke währenddessen mein Bier und werde dabei zusehends ruhiger. Dass sie immer noch hier ist, obwohl sie meine Anwesenheit registriert hat, dass sie für mich sogar eine kleine Show abzieht, lässt in mir die Gewissheit steigen, dass der Zettel, den sie mir vorhin geschrieben hat, höchstens eine strategische Bedeutung besitzt. Wahrscheinlich braucht es gar nicht viel, sie schon heute Nacht dazu zu bringen, ihre Bedenken über Bord zu schmeißen.

Die Idee, wie ich das anstellen werde, kommt mir, als ich eine Viertelstunde später auf dem Rückweg von der Toilette eine Lücke hinter ihrem Barhocker entdecke.

Ich schiebe mich dorthin, presse mich ganz leicht gegen ihren Rücken – wobei mir das Gedränge um uns herum entgegenkommt –, lege meine Hände auf die Außenseiten ihrer Jeans und lasse sie mit sanftem Druck nach innen wandern. Zeitgleich flüstere ich ihr einen Satz ins Ohr, den ich mir schon auf dem Weg durch die Menge zurechtgelegt habe: »Scheiße, du hast mir echt Angst gemacht.«

Sie sagt nichts dazu, öffnet aber kaum merklich die Schenkel.

»Ich will dich ficken«, flüstere ich weiter. »Ich will dich die ganze verdammte Nacht lang ficken, und dann will ich mit dir einschlafen.«

Sie lässt den Kopf ein kaum wahrnehmbares Stück zurückfallen, so als wolle sie sich an mich lehnen. Und obwohl sie den Nacken sofort wieder anspannt, hat sie mir damit genug verraten.

Ich löse mich von ihr und schmeiße einen Schein auf den Tresen.

»Ich warte draußen auf dich.«

Es dauert ein paar Minuten bis sie auftaucht. Und als sie dann vor mir steht, sind in ihrem Gesicht immer noch Spuren von Trotz und Verstimmtheit auszumachen. Aber bevor sie den Mund öffnen kann, nehme ich sie bei der Hand, und dann laufen wir zurück in meine Wohnung.

»Wie hast du mich eigentlich so schnell gefunden?«, will sie auf halber Strecke wissen. »Bist du mir gefolgt?«

»Ja«, entgegne ich der Einfachheit halber. Und etwas anderes gibt es zu dem, was sich am heutigen Abend ereignet hat, dann auch nicht mehr zu sagen.

X

Von den ungezählten Jobs, die mir in den letzten Jahren begegnet sind, ist dieser mit Abstand der angenehmste. Ich stehe am Ende eines Fließbands und warte auf maschinell verschnürte Zeitungsbündel, die im Abstand von dreißig Sekunden heruntergenommen und auf eine Europalette gestellt werden wollen. Die Packen sind so leicht, dass sie sich mit einem Finger heben lassen. Und da ich einer der Wenigen bin, die hier durchweg im Freien arbeiten, kann ich mir jederzeit eine Kippe gönnen. Den größten Segen aber stellen die ständigen Probleme mit den Druckmaschinen dar. Es vergeht kein Abend, an dem die Technik nicht wenigstens einmal ausfällt. Und wenn das passiert, bedeutet das für alle, die nicht für die Reparatur benötigt werden, eine bezahlte Pause, die sich gut und gerne über eine halbe Stunde erstrecken kann. Die Mehrheit (und zu der gehöre ich in diesem Fall *gern*) begibt sich dann in die Kantine, die, so unglaublich es klingen mag, *alkoholhaltiges* Bier verkauft.

Ich bin jetzt den dritten Tag hier, und wie an den beiden vorherigen, werde ich nach der Arbeit auch heute wieder zu Tanja fahren. Dass ich erst um zwei Uhr Feierabend habe, ist dabei kein Hindernis. Wenn Tanja ausschlafen kann – und das kann sie zurzeit, da sie so gut wie beschäftigungslos ist –, geht sie selten vor fünf ins Bett. Dass sie, wenn ich bei ihr aufschlage, bereits das ein oder andere Glas Wein intus hat, kommt dem harmonischen Verlauf unserer nächtlichen Zusammenkünfte zusätzlich entgegen. Wir trinken gemeinsam weiter, erzählen uns ein paar Belanglosigkeiten vom Tag, dann ficken wir. Danach gibt es wieder Wein und weitere Gespräche, und schließlich ficken wir nochmal. Wenn Tanja einschläft, bleibe ich noch eine bis anderthalb Stunden wach, trinke die Reste weg und bekämpfe den Drang, in meine Wohnung zu verschwinden. Zumindest ist es am Sonntag und am Dienstag so gelaufen, und heute wird es nicht anders sein.

Während ich auf das nächste Zeitungspaket warte, das im Zeitlupentempo auf mich zugefahren kommt, denke ich darüber nach, was ich ihr heute abverlangen könnte. Dass es keinen Stillstand geben darf, jedenfalls keinen länger währenden, habe ich längst begriffen. Die Grenze des Möglichen muss bei jeder unserer Begegnungen wenigsten um ein Minimum erweitert werden, und sei es nur in unserer Vorstellungskraft. Interessanterweise ist es egal, *womit* ich Tanja komme. Hauptsache, meine Vorschläge weichen von dem ab, was nach ihren Maßstäben *normal* genannt wird. Nicht weniger bedeutsam ist der Umstand, dass sie sich niemals sicher sein kann, was genau sie erwartet. Diesen Kitzel braucht sie *unbedingt*, und es ist an mir, dafür zu sorgen, dass er nicht nachlässt. Mir eröffnet diese Konstellation die seltene Möglichkeit, alles in die Tat umsetzen, was mir jemals durch den Kopf gegangen ist. Gleichzeitig verpflichtet sie mich aber auch, mein eigenes Lustempfinden im Bedarfsfall radikal zu missachten. Egal, wie ich eigene Erfahrungen oder das, was ich aus Filmen, Büchern oder Erzählungen kenne, bisher bewertet habe: Was Tanja angeht, besitzt all dies keine Geltung mehr. Es ist ihre Geilheit, die meine Geilheit füttert – dieser Erkenntnis gilt es, jede, aber auch wirklich jede Befindlichkeit unterzuordnen. Nebenbei habe ich natürlich darauf zu achten, dass ich bei allem, was ich tue, *behutsam* vorgehe.

Nachdem ich ihr bei ein oder zwei vorherigen Gelegenheiten bereits problemlos einen Finger ins Arschloch hatte stecken können, lag es nahe, Tanja am Sonntag *richtig* in den

Arsch zu ficken. Das hätte ich natürlich auch bei jeder anderen Frau versucht, bei Tanja war es nicht mehr, aber auch nicht weniger als ein früher Punkt auf einer sehr langen Liste.

Ich hatte ihr auf einem Stuhl gegenüber gesessen, während sie sich nur mit String und T-Shirt bekleidet auf dem Bett räkelte. Gerade waren die letzten Takte von Tom Waits' *Anywhere I lay my head* verklungen und Tanja machte Anstalten sich zu erheben, um die CD zu wechseln.

»Warte. Lass die Musik mal für 'nen Augenblick.«

Sie hält inne und sieht mich erwartungsvoll an.

»Zieh deinen Slip ein Stück zur Seite.«

Ohne zu zögern, lehnt sie sich zurück, stützt sich auf den linken Ellenbogen und schiebt mit der freine Hand den dünnen Stoff so weit zur Seite, dass ich ihre Schamlippen betrachten kann.

»Und jetzt fass dich an.«

Auch diesmal kein Zögern. Sie feuchtet ihre Fingerkuppen an und beginnt, sich den Kitzler zu reiben. Ich hole meinen Schwanz aus der Hose und fange ebenfalls an zu wichsen. Wir sehen uns eine Weile zu, dann stehe ich auf und streife mir die Klamotten ab.

»Warte noch«, sage ich, als sie sich ebenfalls auszuziehen beginnt. Ich will auf keinen Fall, dass sie auch nur eine Sekunde damit aufhört, sich aufzugeilen.

Als ich komplett nackt bin, drehe ich ihr den Rücken zu und trete ans Fenster.

»Komm her und stell dich hinter mich. Aber zieh vorher dein T-Shirt aus.«

Kurz darauf spüre ich ihre weichen Brüste an meinem Rücken.

»Näher! Press dich so fest wie möglich an mich.«

Sie verstärkt den Druck, klammert sich mit beiden Händen an meine Oberschenkel.

»Und jetzt nimmst du meinen Schwanz in die Hand und wichst ihn so schnell und so fest wie nur möglich.«

Sie tut, wie ihr geheißen.

»Okay, das reicht«, sage ich, als ich kurz vorm Abspritzen bin. »Knie dich jetzt aufs Bett, spreiz die Beine und streck deinen Hintern soweit raus, dass ich dein Arschloch sehen kann.«

Wieder folgt sie bereitwillig meinen Anweisungen.

Ich trete hinter sie, greife mit der Linken unter ihren Slip und zerre ihn so weit wie möglich zur Seite. Dann dringe ich in sie ein.

Nach ein paar Stößen und zwei, drei nicht allzu festen Schlägen auf ihre gespannten, weißen Backen, drücke ich ihr einen Daumen auf die Rosette und beginne die zusammengezogene Öffnung kreisförmig zu massieren, wobei ich versuche, den Finger immer ein kleines Stück weiter ins Innere zu schieben. Als mir das bis zur Hälfte gelungen ist, unterbreche ich das Manöver, gehe in die Hocke und lecke Tanja ausgiebig den Arsch. Sie macht es sich derweil selbst, rubbelt und reibt wie wild an sich herum – diesmal, ohne dass ich sie dazu habe auffordern müssen. Als ich ihr erneut meinen Schwanz in die Möse und meinen Daumen ins Arschloch stecke, dringt Letzterer problemlos bis zum Anschlag ein. Ich weite die Öffnung, indem ich mit der linken Hand die Haut drum herum auseinander ziehe. Immer wieder stoße ich den Daumen in das enge, lachsfarbene Loch, während meine Eier rhythmisch gegen Tanjas zuckende Finger klatschen. Dann höre ich auch damit wieder auf, ziehe mich noch einmal aus ihr zurück. Tanja japst und keucht, während ich hinter ihr stehe und auf meinen Schwanz hinunterblicke, der, von ihrem Sekret überzogen, wie einbalsamiert aussieht.

»Lass mich deinen Arsch ficken«, sage ich, greife mit beiden Händen ihre Hüften und dränge, ohne auf ihre Antwort zu warten, mit der Eichel bereits gegen ihren Darmausgang.

Aber diesmal spielt sie nicht mit. Sie entwindet sich mir, schiebt den Oberkörper ein Stück nach vorn und schnellt herum.

»Hey, komm schon«, entfährt es mir, »erzähl mir nicht, dass du das noch nie gemacht hast.«

Sie sieht mich an, jetzt vollständig auf dem Rücken, die Ellbogen aufgestützt, die Knie aneinandergepresst; in ihrem Blick eine irritierende Mischung aus Angst, Scham und Verärgerung. Da sie nichts sagt, hake ich nach: »Du hast noch *nie* Analverkehr gehabt?«

»Nein … Nicht so richtig, jedenfalls«, sagt sie und starrt mich dabei unverwandt an.

Ich bin nur bedingt überrascht. Ich kenne kaum Frauen, die darauf *stehen*, einen Schwanz im Arsch zu haben. Manchen macht es ausnahmsweise Spaß wenn sie besonders geil sind, weil sie sich Drogen eingefahren haben zum Beispiel; einige lassen es sich gefallen, wenn sie glauben, dass Liebe im Spiel sei; aber nur die wenigstens können sich für analen Sex wirklich *begeistern*. Sicherlich *ein* Grund, warum die meisten Männer im Gegenzug so erpicht darauf sind. Du bekommst etwas, das einigen deiner Vorgänger möglicherweise vorenthalten wurde, mit viel Glück bekommst du sogar etwas Einzigartiges. Daneben ist es natürlich erregend, eine Frau zu bumsen, während deine Finger weiterhin die volle Verfügungsgewalt über ihre Möse besitzen.

Ich lege mich neben Tanja aufs Bett, lasse meine Rechte ihren Bauch hinaufwandern und zeichne mit dem Zeigefinger spielerisch die äußere Linie ihres linken Warzenvorhofs nach. Mein Schwanz ist immer noch hart.

»Komm, dreh dich auf die Seite.«

Kaum, dass ich das gesagt habe, kehrt die Skepsis, die für einen Augenblick aus ihrem Gesicht verschwunden war, zurück.

»Keine Sorge, ich tue nichts, was du nicht willst.«

Um das Gesagte zu untermauern, suche ich mit den Lippen die ihren. Es dauert ein oder zwei Sekunden, bis sie den Kuss erwidert, aber dann lassen die Bewegungen ihrer Zunge darauf schließen, dass sie mir glaubt.

Nachdem sie mir den Rücken zugewandt hat, lasse ich meinen Schwanz *extrem vorsichtig* in ihre Möse gleiten. Trotz des kurzen Schreckens, den ich ihr eingejagt habe, ist sie immer noch feucht genug. Danach bewege ich mich gerade soviel, wie es braucht, um meine Erektion zu füttern.

Natürlich ist jetzt einmal mehr der gute alte Flüsterton angebracht.

»Was heißt das: *nicht so richtig*?«

»Na ja, ich hab's mal versucht, aber es hat nicht geklappt. Der Schmerz war einfach zu groß.«

Daraufhin füttere ich ihre Gehörgänge mit dem üblichen Scheiß: dass es nur am Anfang wehtun und später tierisch Spaß machen würde; dass sie nur ihren Schließmuskel richtig entspannen müsse, damit wir *echt easy* zur Sache kommen könnten; dass Analverkehr bereits von Millionen Menschen vor uns praktiziert worden sei und ich selbst eigentlich kein Mädchen kennen würde, dass nicht früher oder später schwer drauf abgefahren wäre. All die Halbwahrheiten und glatten Lügen, die in Situationen wie dieser eben aufs Tapet kommen. Ich beende den miesen Vortrag mit einem weiteren Überredungsversuch: »Komm, lass es mich wenigstens probier'n.«

»Ich weiß nich' …«, sagt sie leise. Und dann bestimmter: »Nein, lieber nicht.«

Echte Schmerzen sind einfach nicht ihr Ding. Und obwohl ich mir ihren Arsch nur zu gern gefügig gemacht hätte, gebe ich diesen Plan umgehend auf. Ich habe wirklich nicht vor, etwas zu tun, das sie nicht will. Was hätte ich auch davon?! Ich habe allerdings auch keine Idee, was ich stattdessen mit ihr machen könnte. Ich weiß nur, dass ich nicht ein Fünkchen Lust verspüre, diesen Fick auf die herkömmliche Art zu Ende zu bringen. Denn das würde vor allem eins bedeuten: *Langeweile*.

Weil mir trotz intensiven Nachdenkens nichts einfallen will, schiebe ich den Schwarzen Peter an Tanja weiter: »Und jetzt?«

Natürlich rechne ich nicht mit einer Antwort, jedenfalls nicht mit einer, die uns *voranbringt*. Aber Tanja überrascht mich. Entgegen meiner Erwartung ist sie immer noch beim Thema.

»Du kannst es damit versuchen. Aber sei ganz vorsichtig.« Bei diesen Worten greift sie über den Rand der Matratze, zieht die oberste Schublade ihres Nachttischs auf und holt einen gläsernen Butt-Plug hervor.

Ich bin dermaßen verblüfft, dass ich erst reagiere, als sie mir zusätzlich zum Plug eine Tube Gleitcreme hinhält. Ich habe mir einfach nicht vorstellen können, dass sie Sex-Spielzeug besitzt, schon gar nicht ein derart spezielles. Ich versuche, mein Erstaunen hinter einer spöttischen Bemerkung zu verbergen.

»So, so, die Dame besitzt also doch eine gewisse Erfahrung.«

»Ich hab doch gesagt, dass ich's schon probiert habe.«

»Nur hiermit?« Ich halte den zapfenförmigen Dildo in die Höhe.

»Nein, aber ...«

Ich würde gern genauer ergründen, was diese letzte Bemerkung zu bedeuten hat, aber ich bin viel zu erregt, um noch länger Konversation zu machen. Schon die Vorstellung, das Teil gleich in ihrem Arsch zu versenken, genügt, um mein Hirn mit all den guten Sachen zu überschwemmen, die der Körper zu bieten hat. Was dieses *aber* zu bedeuten hat, kann ich später noch herausfinden. Auch wie sie in den Besitz des Plugs geraten ist, und was sie in wessen Gegenwart schon alles damit getrieben hat, muss ich nicht sofort erfahren. Im Moment zählt ausschließlich *meine* Gegenwart.

»Knie dich noch mal hin«, sage ich, nachdem ich sie freigegeben habe, und schmiere den Schwanzersatz mit einer ordentlichen Dosis Gleitcreme ein.

»Aber du musst wirklich vorsichtig sein«, sagt sie, während sie sich in Stellung bringt. »Steck ihn nicht weiter als bis zur Hälfte rein, okay?«

»Okay«, entgegne ich. Und daran halte ich mich dann auch. Ich ficke sie ein paar Minuten in die Möse, dann führe ich so langsam wie möglich den Plug ein, wobei ich darauf achte, ihr möglichst nicht mehr als ein Drittel zu geben. Aber mehr braucht es auch nicht. Der Anblick, den die beiden gleichzeitig gefüllten Löcher mir bieten, ist berauschend genug.

Zwei Tage später benötigen wir dann noch nicht mal den Plug, um uns aufzugeilen. Während wir vögeln, begnüge ich mich damit, einfach nur übers Arschficken zu *reden*. Ich lasse mich lang und breit darüber aus, was uns an Freuden noch alles erwartet, wenn wir mit dem kleinen Spielzeug nur fleißig weiter trainieren. Dann ergehe ich mich in diversen Allmachtsphantasien, spreche davon, was alles vonnöten wäre, um ihren Hintern wirklich *perfekt* zu *dressieren*, wobei ich – angefeuert von meinen eigenen Worten – zusehends ordinärer werde. Für einen kurzen Moment habe ich das Gefühl, zu weit gegangen zu sein. Aber Tanja stört meine Ausdrucksweise nicht im Geringsten. Und eigentlich hätte ich das wissen müssen, denn sie steht auf das verbale Darlegen meiner Phantasien *mindestens* so sehr wie auf deren praktische Umsetzung. Außerdem ist es ab einem gewissen Punkt wahrscheinlich egal, was ich sage. Trotzdem habe ich dieses

Detail abgespeichert, mir vorgenommen, in Zukunft unbedingt auch in sprachlicher Hinsicht auszuloten, wie weit ich gehen kann.

Dessen ungeachtet habe ich für die heutige Nacht noch immer keine Idee. Ich überlege, ob ich ihr in der Pause eine Kurznachricht schicken soll, in der ich sie dazu auffordere, sich kurz bevor ich bei ihr auflaufe, den Plug selbst einzuführen und mich in der entsprechenden Position auf dem Bett zu erwarten. Sie könnte, nachdem sie mich ins Haus gelassen hat, ihre Wohnungstür ein Spalt breit öffnen und in aller Ruhe ihre Vorbereitungen treffen, wenn ich mir im Treppenhaus nur genügend Zeit ließe. Ich stelle mir das eine Weile bildlich vor, dann verwerfe ich den Einfall wieder. Er geht genau in die Richtung, die Tanja erwartet. Außerdem lässt er – von der unerträglichen Vorstellung abgesehen, Tanja könne sich aus irgendeinem Grund verweigern – viel zuviel Raum für zeitlich bedingte Fehlabläufe. Nein, für heute muss irgendwas radikal anderes her.

Als ich während eines besonders langen Maschinenausfalls für ein weiteres Bier anstehe, muss ich an Rike denken und an das, was sich während unseres ersten Stelldicheins im Park ereignet hat. Über drei Monate ist das jetzt her, aber der Film, der sich hinter meinen Pupillen abspielt, ist noch immer gestochen scharf. Besonders die Szene, in der Rike sich zum Pissen hinhockt, macht mich dermaßen geil, dass ich augenblicklich beschließe, diesen Moment gemeinsam mit Tanja zu wiederholen, möglicherweise in einer leicht abgewandelten Variante.

Danach will die Zeit kaum noch vergehen – fieberhaftes Warten; vibrierende Vorfreude; dazwischen der gewohnte Wankelmut, das Gefühl, jedweden Wirklichkeitssinn verloren zu haben; dann wieder eine fast schon grimmige Entschlossenheit; *maximaler* innerer Aufruhr also.

Nach der Arbeit wird es leichter. Ich halte am erstbesten Kiosk und hole mir einen halben Liter für den Weg. Kaum dass die Dose geleert ist, fällt mir ein, dass ich noch Wein brauche. Ich muss heute *sichergehen*, dass ausreichend Alkohol vorhanden ist. Also stoppe ich ein zweites Mal, diesmal an einer Tankstelle, besorge zwei Flaschen Roten und gleich noch ein weiteres Bier.

Bei Tanja angekommen, registriere ich nicht ohne Erleichterung, dass sie ihr gewohntes Ritual auch heute pflegt. Vor ihr steht eine frisch entkorkte Flasche, und nach allem, was ich von ihr weiß, ist davon auszugehen, dass es sich dabei nicht um die erste des Abends handelt. Ich schenke uns ein, dann beginnt das übliche Plauderstündchen.

Normalerweise bilden diese Gespräche nichts weiter als den Auftakt unserer *körperlichen* Begegnungen. Heute sieht das anders aus. Ich fühle mich ungewohnt unsicher, zögere den Moment des Handels immer wieder hinaus und verschanze mich stattdessen hinter einem – zumeist vorgeschobenen – Interesse am Gesagten. Völlig egal, wie belanglos die Dinge auch sein mögen, von denen Tanja mir berichtet, immer habe ich noch eine Frage oder eine passende Anekdote zur Hand, mit deren Hilfe es mir gelingt, das Ende der Unterhaltung hinauszuschieben. Falls Tanja das auffällt, so lässt sie sich nichts anmerken. Vielmehr erweckt sie den Anschein, als ob sie Spaß daran hätte, dass mir heute so ausnehmend nach *reden* zumute ist. Während ich alle Register ziehe, um sie bei Laune zu halten, achte ich darauf, dass unsere Gläser gefüllt bleiben. Ich trinke schneller als sonst, aber auch Tanja legt ein ganz ordentliches Tempo vor.

Nachdem wir gemeinsam zweieinhalb Flaschen geleert haben, von denen anderthalb sicher zu meinen Lasten gehen, drängt sich mir der Gedanke auf, dass ich nun nicht mehr allzu lange warten sollte. *Zuviel* Alkohol dürfen wir auch nicht in uns hineinschütten. Ich möchte das, was passiert, durchaus *bewusst* erleben, und auch Tanja soll später nicht sagen können, es sei allein die Trunkenheit gewesen, die ihre Handlungen gesteuert hätte.

Ich warte, bis sie das nächste Mal aufsteht, hoffe darauf, dass sie nicht gerade jetzt in die Küche gehen und sich etwas zu essen holen oder sonst was erledigen will, das ich nicht eingeplant habe, und nehme mich endlich soweit zusammen, dass ich die entscheidende Frage über die Lippen bringe.

»Gehst du pissen?«

Sie hält in ihrer Bewegung inne und sieht lächelnd auf mich herab.

»Ja, wieso?«

»Weil ich will, dass du mich dabei zusehen lässt.«

Ich habe mir ihre Reaktion in den letzten Stunden so oft vorgestellt, dass ich mit allem Möglichen rechne, allerdings nicht damit, dass sie mein Vorschlag *belustigt*. Genau das aber scheint der Fall zu sein. Sie *grinst*. Sie grinst mich an, als hätte ich nichts weiter als einen Scherz im Sinn, eine neckische Albernheit im Geiste von *Jugend forscht*. Ich befürchte schon, dass sie mir gleich mit einer spöttischen Bemerkung kommt, aber dann sagt sie, ohne dass ihr Gesicht dabei seinen amüsierten Ausdruck verliert: »Ja, warum nicht?! Aber unter einer Bedingung: Ich darf zuerst *dir* zuseh'n.«

Habe ich, weil es mir einfach zu blöd ist, die Nummer mit einem kichernden Backfisch durchzuziehen, eben noch mit dem Gedanken gespielt, sie abzublasen, nimmt mir Tanjas letzter Satz nun jeglichen Handlungsspielraum. Es gibt keinerlei Möglichkeit mehr, einen Rückzieher zu machen, also im wahrsten Sinne des Wortes den Schwanz einzuziehen, ohne dabei wie ein Feigling auszusehen.

Ich verspüre kein echtes Bedürfnis, mich zu erleichtern, aber bei all dem Wein, den ich getrunken habe, müsste meine Blase ein Minimum hergeben.

»Na gut, dann komm«, sage ich, stemme mich in die Höhe und begebe mich, ohne Tanja noch einmal anzusehen, ins Badezimmer.

Tanja folgt mir nach kurzem Zögern. Anscheinend hat sie nicht damit gerechnet, dass ich mich auf ihren Vorschlag derart schnell einlassen würde.

Ich klappe Klodeckel und -brille hoch, stelle mich breitbeinig hin und öffne den Reißverschluss meiner Hose. Ich habe noch nie im Beisein einer Frau gepisst (zumindest nicht seitdem ich den Kindergarten verlassen habe), kann also nicht wissen, inwieweit mir Tanjas Nähe Probleme bereiten wird. Aber diese Sorge erweist sich als unbegründet. Kaum dass ich meinen Schwanz in der Hand halte, ergießt sich auch schon ein überraschend satter Strahl ins Becken.

Tanja steht direkt neben mir und sieht dem Vorgang interessiert zu. Natürlich kichert sie dabei.

»Wow, das wollte ich schon immer mal seh'n. Darf *ich* ihn mal halten?«

»Klar«, sage ich, angeturnt von der eigenen Lässigkeit, mit der ich mich vor ihr produziere.

Sie greift mit drei Fingern zu, ich lasse los, und dann ist sie es, die den Strahl lenken darf.

»Scheiße, das muss ein geiles Gefühl sein, so zielgerichtet und dabei auch noch von oben herab pissen zu können«, sagt sie, während sie vorsichtig die letzten Tropfen abschüttelt.

Und damit ist mein Teil der Vereinbarung erfüllt.

»Okay, jetzt bist du dran.«

»Hier?« Sie zeigt aufs WC.

»Nein, in der Dusche. Schließlich will ich was davon haben.«

Sie zieht sich vollständig aus, tritt in die Kabine und geht in die Hocke.

Sie so zu sehen, und dabei zu wissen, was gleich geschehen wird, genügt schon, um einen Steifen zu bekommen.

Erst einmal tut sich allerdings gar nichts. Sie blickt konzentriert auf ihre Füße, schafft es aber nicht, auch nur ein einziges Tröpfchen herauszupressen. Der amüsierte Gesichtsausdruck ist längst verschwunden.

»Hey, das ist gar nicht so einfach, wenn jemand zusieht.«

»Soll ich 'nen Moment rausgeh'n?«

»Nein, bleib hier.« Sie sagt das mit einer deutlichen Spur von Verärgerung. Offenbar hat sie den unbedingten Ehrgeiz, es mir gleich zu tun.

»Das Schlimme ist, dass ich wirklich dringend muss«, stöhnt sie, und dann zeigt sich plötzlich ein erstes Rinnsal zwischen ihren Beinen.

Es versiegt wieder, und wieder konzentriert sie sich – das Gesicht vor Anstrengung gerötet –, während ihre rechte Hand einen leichten Druck auf ihre Blase ausübt. Dann plätschert es erneut aus ihr heraus, und diesmal gelingt es ihr, die Anspannung zu überwinden. Aus dem Rinnsal wird ein Strahl, der stetig an Intensität gewinnt und sich schließlich regelrecht auffächert, bevor er auf den Boden der Duschkabine trifft.

Tanja stöhnt kurz auf vor Erleichterung. Aber so befreiend dieser Moment für sie auch sein mag, so peinlich ist er ihr auch. Sie kann mich nach wie vor nicht anschauen. Dafür sehe *ich* umso genauer hin. Ich stehe keinen Meter von ihr entfernt, reibe meinen Schaft mit der manischen Begeisterung eines Dreizehnjährigen und weide mich an jedem Detail – ein von allen Zwängen befreiter Wichser, der einer exklusiven *Live-Show* beiwohnt. Und es hört nicht auf. Als ich zu ihr trete und dabei leicht in die Knie gehe, weiß sie sofort, was ich will.

Sie hebt ihr Gesicht und öffnet die Lippen, und während ich sie dann in den Mund ficke, pisst sie immer noch.

Als sie schließlich fertig ist, begebe ich mich ebenfalls in die Hocke, suche mit meiner Zunge die ihre, und massiere ihr, während wir uns küssen, die klatschnasse Fotze. Dann helfe ich ihr aus der Dusche und ficke sie von hinten im Stehen.

Zurück im Schlafzimmer ist Tanja aufgekratzt wie eine frisch gekürte Ballkönigin. Sie schüttet den Wein wie Brause in sich hinein und kann gar nicht damit aufhören, das Geschehene mit begeisterten Kommentaren zu bedenken.

»Himmel, war das *unanständig*«, sagt sie zum wiederholten Mal und lacht dabei so beglückt auf, als ob sie einen Achttausender bezwungen hätte.

Es dauert nicht lange, bis wir beide betrunken sind.

Wir liegen nackt nebeneinander, und Tanja, die – nicht zuletzt von ihrem eigenen Gerede – wieder geil geworden ist, fummelt fahrig an meinem Schwanz herum. Aber ich bekomme nur einen Halbsteifen, denn jetzt bin *ich* es, der dringend pissen muss. Ich verspüre nicht die geringste Lust aufzustehen, und will gerade etwas Entsprechendes äußern, als mir bewusst wird, dass mir mein Harndrang die Gelegenheit bietet, unserem *unanständigen* Treiben noch eins draufzusetzen.

»Komm mit, ich will dich anpissen«, sage ich – vom Wein und ihrer Reaktion auf unsere erste Nummer von jeglichem Schamgefühl befreit.

Tanja hat keine Einwände.

»Ja, oh verdammt, *ja*«, keucht sie nur, und torkelt vor mir her ins Bad.

Dort bedarf es keiner weiteren Worte. Sie steigt in die Dusche und nimmt dieselbe Position ein wie vorhin. Ich trete an den Rand der Kabine und nehme meinen Schwanz in die Hand. Tanja beginnt sich den Kitzler zu reiben. Ein erwartungsvoller Blick von ihr, dann schießt der Urin auch schon aus mir heraus. Ich lenke den Strahl über ihre Brüste, ihren Bauch, ihre Oberschenkel, ihre Spalte (ihr ins Gesicht zu pissen bringe ich dann doch nicht fertig), und das, was ich dabei empfinde, reißt mir fast das Bewusstsein weg. Denn Tanja hat Recht: Das hier ist *wirklich* unanständig. Es ist nichts Körperliches, es ist ein rein *geistiger* Kick. Es ist das Bild, um das es geht; das Bild und der Reiz des *Verbotenen*, den es besitzt.

Als Tanja dann auch noch selbst zu pissen anfängt, potenziert das die Lust ein weiteres Mal – und das, obwohl eine Steigerung nur eine Sekunde zuvor nicht mehr möglich schien –, und so ist es nur *natürlich*, dass wir, als wir schließlich beide zum Ende gekommen sind, auch noch die letzten Hemmungen fallen lassen.

Ich liege auf ihrem Badezimmerteppich, und während sie mir wie eine Besessene den Schwanz lutscht, tauche ich meine Zunge so tief wie möglich in ihre Spalte, ohne dabei auch nur *einen* Gedanken daran zu verschwenden, dass das, was ich da schmecke, eigentlich Widerwillen auslösen müsste.

Am Ende ficken wir noch mal. Dann gehen wir nach nebenan, um weiter zu trinken.

XI

Als ich mich am nächsten Abend von Tanja verabschiede, geschieht das, ohne eine erneute Verabredung zu treffen. Wir sind erst um acht Uhr morgens ins Bett gekommen, haben dann zehn Stunden geschlafen und nach dem Aufstehen noch einen Kaffee zusammen getrunken. Jetzt drängt es mich mit aller Macht nach Hause. Dass wir uns wiedersehen werden, steht fest. In dieser Hinsicht gibt es mittlerweile keine Unklarheiten mehr. Aber von mir aus kann das eine Weile dauern. Tanja scheint dasselbe Bedürfnis zu verspüren. Auch sie lässt das Thema, als ich sie vorm Gehen ein letztes Mal in den Arm nehme, gänzlich unberührt. Mit Scham hat das nichts zu tun. Die Art und Weise, wie wir, seitdem wir aufgewacht, also wieder *nüchtern* geworden sind, miteinander umgehen, ist eher von einem Zuwachs an Vertrautheit geprägt. Unabhängig davon muss das, was geschehen ist, erst einmal verdaut werden. Und das wohl am besten *allein*.

Nachdem ich meinen Kater auskuriert habe, kümmere ich mich um ein paar Dinge, die in letzter Zeit liegengeblieben sind. Ich arbeite die Eingänge in meinem elektronischen Postfach ab, erledige Telefonate und bringe meine Wohnung auf Vordermann. Dabei hilft mir eine größere Anzahl von Zetteln, auf denen ich an turbulenten Tagen all das notiere, was auf später verschoben werden muss. Das hat ganz sicher einen zwangsneurotischen Hintergrund, besitzt aber den unbestreitbaren Vorteil, dass ich kaum etwas vergesse.

Als nach drei Tagen sämtliche Wäsche gewaschen, der Boden gewischt und der Müll entsorgt ist, mein E-Mail-Account wieder über eine akzeptable Speicherkapazität verfügt und der Wust von Notizen seinen Platz im Altpapiercontainer gefunden hat, als ich also das Gröbste hinter mir habe, bin ich dermaßen *angetan* von meinem Aktionismus, dass ich beschließe, die Liste meiner guten Taten um eine weitere zu verlängern. Und so sitze ich dann am frühen Abend mit frisch geschnittenen Fingernägeln vor der Tastatur und nehme die Arbeit an meinem Roman wieder auf; diesem bereits vor Monaten großspurig angekündigten *Jahrtausendwerk*, das ich bisher nicht über das Anfangsstadium hinausgebracht habe.

Ich tippe an die sechshundert Worte. Und in der nächsten Nacht noch einmal soviel. Daraufhin stellt sich wie von selbst der Wunsch nach *Belohnung* ein. Immerhin habe ich nicht nur am Schreibtisch und den anderen heimischen Fronten das Plansoll erfüllt, sondern auch noch brav meine drei Schichten in der Druckerei abgerissen.

Ich werfe einen Blick auf die Uhr: kurz nach elf. Für einen Freitagabend also noch früh genug, um etwas anzuleiern.

Ich rufe Bogdan an und frage, ob ich vorbeikommen kann.

»Ja, klar. Aber beeil dich, wir wollen gleich los«, sagt er, während im Hintergrund genau die Sorte stimulierender Lärm zu hören ist, die immer dann entsteht, wenn Menschen zusammenkommen, die ausreichend freie Zeit und die Sehnsucht nach Ausschweifungen im Gepäck haben.

Da Bogdans Worte ernstzunehmend geklungen haben, entscheide ich mich, ein Taxi zu nehmen.

In seiner Wohnung hält sich ein knappes Dutzend Leute auf, von denen ich die meisten kenne. Ich komme allerdings nicht dazu, mehr als drei oder vier zu begrüßen.

»Komm, lass uns schnell noch was wegzieh'n«, sagt Bogdan, kaum dass ich den ersten Gesichtern zugenickt habe, und zieht mich am Arm in die Küche.

Er fummelt eine Filmdose aus der Hosentasche und streut zwei Linien auf seinen Ceran-Herd.

»Weißt du, Alter«, sagt er, während er mir einen abgeschnittenen Strohhalm hinhält, damit ich mich als Erster bedienen kann, »wenn Gott gewollt hätte, dass wir Kokain nehmen, dann würde es in kleinen Beuteln an den Bäumen hängen.« Er bricht in schallendes Gelächter aus und will sich angesichts dieses in seinen Ohren anscheinend *gelungenen* Beitrags gar nicht mehr beruhigen.

Selbst nachdem ich den Strohhalm an ihn weitergereicht habe, ist er immer noch derart am Kichern und am Prusten, dass es vier bis fünf Anläufe braucht, bis er das Gift endlich in der Nase hat.

»Hör mal, kannst du mir ’n bisschen was verkaufen?«, frage ich ihn, als er schließlich zum Ende gekommen ist. Ich habe keine Lust, auf Almosen angewiesen zu sein, wenn ich nachlegen will. Und ich *werde* nachlegen wollen, das ist mal sicher.

»Aber klar«, sagt Bogdan. »Für hundert?« Ohne meine Antwort abzuwarten, greift er in eine Tasse auf seinem Geschirrregal und zieht ein gefaltetes Briefchen heraus.

Obwohl ich anfangs der Woche endlich die Kohle vom Schrauben- und Zollstockversand bekommen habe, sind hundert Mark mehr als ich mir leisten kann. Ich habe zwar an die zweihundert im Portemonnaie, aber mit denen muss ich länger auskommen als eine Nacht. Kurz sehe ich mich ohne Kippen und Klopapier in meiner Buchte herumhängen und demütigende Telefonate führen. Dann verflüchtigt sich das Bild, beiseite geschoben von der Aussicht auf ungezügelten Alkoholgenuss und der *beruhigenden* Erkenntnis, dass Nächte wie diese in ihrer vermeintlichen Endlosigkeit ohnehin keinen Gedanken an die Zukunft erfordern.

Wir tauschen Briefchen gegen Geld und gehen nach nebenan, wo sich bereits alles im Aufbruch befindet.

»Shit, wir müssen uns beeilen«, ruft irgendwer.

Ich erkundige mich nach dem Auslöser der Hektik und erfahre, dass für Mitternacht das Set eines Berliner *Szene*-DJs angesetzt ist – ein Ereignis, das von den Anwesenden offenbar keiner verpassen möchte. Mir geht der Rummel ums Plattenauflegen gänzlich am Arsch vorbei, aber solange Menschen und Getränke zu erwarten sind, ist es mir relativ egal, wo wir hingehen.

Und dann ist da ja auch noch der *Weg* zum Veranstaltungsort, einem ehemaligen Strip-Schuppen, der jahrelang leergestanden hat, seit kurzem aber mit neuem Besitzer und neuem Programm wieder um Kundschaft wirbt. Mit einer größeren Rotte über die Bürgersteige zu ziehen und dabei diese beinahe schon knisternde Erwartungshaltung zu spüren, ist etwas, das mir schon immer gefallen hat. Bogdans Wohnung liegt so zentral, dass nahezu alle einschlägigen Örtlichkeiten zu Fuß zu erreichen sind. Dass wir heute eine halbe Stunde brauchen, liegt einfach daran, dass alle naselang irgendjemand pissen oder sich an einer der zahllosen Dönerbuden neues Bier kaufen muss.

Als wir die umfunktionierte Bumsdiele schließlich erreichen, ist bereits die Hölle los. Vorm Einlass herrscht ein Gedränge wie auf dem Boden einer Hühnerfarm. Ich überlege einen Moment, die anderen sich selbst zu überlassen, aber dann quetsche ich mich doch mit hinein, nicht zuletzt, weil mir Bogdan kurz den Arm um die Schulter legt und vorschlägt, *erstmal ein paar Wodka wegzumachen*.

Wir schaffen es bis an die Theke, und nachdem wir dort eine halbe Ewigkeit gewartet haben, gelingt es Bogdan tatsächlich zwei Drinks zu ergattern. Wodka *Red Bull* – was auch sonst?!

Da die vorherrschende Lautstärke eine Unterhaltung noch nicht mal in Ansätzen zulässt – der DJ hat bereits angefangen –, bleibt uns nichts anderes, als den Glibber *schweigend* in uns hineinzukippen. Und so stehen wir dann da mit unseren aufeinandergepressten Kiefern, beobachten das Treiben um uns herum und nippen hin und wieder an unseren Gläsern.

Zum Tanzen ist es ganz klar zu voll, trotzdem sind die Leute komplett aus dem Häuschen, bejubeln jedes Manöver an den *Turntables*, als ob es ihnen den Weltfrieden bringen würde. Ich halte nach dem Rest der Rasselbande Ausschau, kann aber niemanden entdecken. Und auch Bogdan kommt mir alsbald abhanden.

»Hey, da ist doch!«, brüllt er mir, kurz nachdem seine zweite Bestellung bei uns eingetroffen ist, ins Ohr. Es folgt ein unverständlicher Name und dann bahnt er sich mit den Worten *wart mal, Alter* auch schon einen Weg durch die Menge.

Wie ich ihn kenne, ist nicht davon auszugehen, dass er innerhalb der nächsten Dreiviertelstunde zurückkommt. Und so beschließe ich, nachdem ich mein Glas geleert habe, ebenfalls zu verschwinden. Höchste Zeit, die Toilette aufzusuchen. Höchste Zeit *nachzulegen*.

Natürlich herrscht auch dort ein geradezu aberwitziges Gewimmel. Zwar gelingt es mir, eine freie Kabine zu ergattern, aber *entspannter* Drogengenuss sieht anders aus. Draußen schreien und kreischen fortwährend Leute herum. Außerdem ist der Klodeckel abgeschraubt, ein Umstand der das, was ich vorhabe, nicht gerade *erleichtert*.

Als ich gerade dabei bin, mir mit dem von Brandlöchern überzogenen Spülkasten zu behelfen, fängt dann auch noch irgendein Bauerntrampel an, gegen meine Tür zu bollern.

»Ey, was macht ihr 'n da drin? Was *macht* ihr 'n da drin?«, krakeelt er dabei in einer Tour.

Der Spinner bildet sich wahrscheinlich irgendwas Sexuelles ein; ein Quickie im Stehen, bei dem er gerne mitmischen würde. Sicher einer von der Sorte, die an den Türen ihrer Einzimmerwohnungen den Slogan *Mein Hobby: Bumsen!* kleben haben und sich allabendlich dann doch nur wieder einen runterholen.

Ich rufe ihm zu, dass er sich verpissen soll und wider Erwarten gibt er Ruhe. Trotzdem habe ich längst beschlossen, mir, sobald ich hier fertig bin, einen anderen Laden zu suchen. Die zehn Mark Eintritt hätte ich besser dem Verein zur Wiedereingliederung Suchtkranker gespendet.

Auf dem Rückweg schaue ich kurz an der Theke vorbei, aber da ich dort weder Bogdan entdecke noch sonst wen, den ich kenne, stehe ich zwei Minuten später im Freien. Ich atme kurz durch, zünde mir eine Zigarette an und überlege, welches Ziel ich jetzt ansteuern könnte.

Die High-Bar ist nicht weit weg. Warum nicht da hin?! Immerhin sind deren Kloschüsseln nach wie vor *mit* Deckeln ausgestattet.

Dass ich ganz nebenbei gehofft habe, hier auf Tanja zu treffen, gestehe ich mir erst ein, als ich sie unter den anwesenden Gästen auch nach einem *zweiten* Rundblick nicht ausmachen kann. Ich trinke ein Bier und zwei weitere Wodka (diesmal ohne den unsäglichen *Energy*-Zusatz) und rede längere Zeit mit einem Mädchen, das ich zwar flüchtig *kenne*, aber nicht dazu bewegen kann, mich auf die Toilette zu begleiten.

Sie hätte mit *der Scheiße* komplett aufgehört, sagt sie. Also pfeife ich mir allein was ein und ziehe weiter.

Ich bleibe nirgendwo lange, nehme meist nicht mehr als ein oder zwei Bier und die obligatorische Nase. Wenn ich jemanden treffe, der mir sympathisch ist und Lust auf Drogen verspürt, lade ich ihn ein. Bei einer dieser Gelegenheiten werde ich selber eingeladen, darf den Treibstoff-Mix in meiner Blutbahn um etwas Amphetamin erweitern. Tanja entdecke ich nirgends.

Nachdem ich so durch ein halbes Dutzend Clubs getigert bin, zieht es mich noch einmal in das ehemalige Strip-Lokal. Ich möchte nachsehen, ob Bogdan noch da ist. Der DJ dürfte mittlerweile zum Ende gekommen sein.

Tatsächlich läuft bereits Musik vom Band. Außerdem ist es deutlich leerer geworden, was darauf hindeutet, dass sich die Nacht dem Ende entgegen neigt. Sorgen macht mir das nicht. Es findet sich *immer* jemand, der bereit ist, bis in den Tag hinein zu feiern – gerade wenn du Kokain dabei hast. Ich drehe eine Runde, aber Bogdan scheint abgehauen zu sein. Dafür begegne ich Astrid. Auch sie kenne ich nicht besonders gut. Aber sie ist mit uns hierher gekommen, also frage ich sie nach dem Verbleib unseres gemeinsamen Freundes.

»Bogdan? Keine Ahnung. Den hab ich schon ganz am Anfang aus den Augen verloren«, sagt sie und macht dabei einen derart aufgekratzten Eindruck, dass sich die Vermutung, sie habe sich in den letzten Stunden ebenfalls ein paar Mal die Nase gepudert, geradezu aufdrängt.

Ich frage sie, ob sie was trinken möchte. Und ja, sie will. Wodka Red Bull natürlich.

Während wir am Tresen lehnen und sie mir nachhaltig entzückt von der *visionären Kraft* des DJs vorschwärmt, legt sie mir immer mal wieder eine Hand auf den Arm. Und damit ist die Frage, wer mir in den nächsten Stunden Gesellschaft leisten wird, schon so gut wie beantwortet. Inwieweit mir Astrid sympathisch ist, spielt dabei keine Rolle. Nichts ist nach einer Nacht wie dieser schlimmer, als sich allein in den eigenen vier Wänden aufzuhalten und dort völlig überdreht einer sinnentleerten Beschäftigung nachzugehen. Das kalte Licht des aufkeimenden Morgens, das Grau der Wände und dazu Zeichentrickfilme im TV – ich habe diesen jämmerlichen Horror schon zu oft erlebt, um nicht für *jede* Alternative dankbar zu sein.

»Schnupfst du was mit mir?«

»Klar, gerne.« Sie sieht ehrlich erfreut aus, und mir fällt auf, dass sie hübsch ist, wenn sie lächelt.

»Aber nicht hier«, sage ich.

»Wo dann?«

»Bei dir.«

Sie zögert nicht länger als ein oder zwei Sekunden: »Okay, lass uns 'n Taxi nehmen.«

Ich bin nackt, als ich erwache. Ich bin nicht zugedeckt und ich liege offenbar verkehrt herum im Bett, zumindest zeigen meine Fußspitzen dorthin, wo Astrids rot gefärbte Haare über den Rand der Bettdecke quellen.

Ich stehe auf und habe einen Augenblick lang Mühe, mich zu orientieren, aber die Wohnung ist einfach zu klein, um das Badezimmer zu verfehlen.

Nachdem ich gepisst habe, trete ich ans Waschbecken, tätige den automatischen Blick in den Spiegel und bin einen Augenblick lang fassungslos. Mein Gesicht ist von der Stirn bis hinunter zum Kinn von tiefen Kratzern durchzogen. Ich kann diesen Anblick in keiner Weise einordnen, geschweige denn erklären, habe kurzfristig das Gefühl, einer Halluzination oder einem Flashback zu unterliegen. Dann setzt meine Erinnerung wieder ein: Astrids Fingernägel …

Wie wir in ihr Bett geraten sind, weiß ich nicht mehr. An dieser Stelle hat sich mein Gedächtnis eine Auszeit genommen. Wir hatten in ihrer Küche gesessen, sie hatte eine Flasche Sekt auf den Tisch gestellt, und weil sie selbst ebenfalls noch über ein bisschen Pulver verfügte, hatten wir jeweils zwei Nasen genommen. Dann gibt es eine Werbepause für Dachpappe und der Film setzt erst wieder ein, als wir nackt nebeneinander liegen. Sie hat einen gedrungenen, kompakten Körper mit festen, mittelgroßen Brüsten, und nichts ist in diesem Moment wichtiger, als all das mit den Händen in Besitz zu nehmen. (Ich hatte schon damit geliebäugelt, als wir uns noch in der Küche gegenübersaßen und sie mich, nachdem sie sich die Trainingsjacke ausgezogen hatte, ein mehr als offenherziges Dekolleté sehen ließ.) Nun kann ich gar nicht genug davon bekommen, sie zu berühren, gleichzeitig manifestiert sich in meinem überhitzten Hirn der Gedanke, dass das nicht ausreichen wird. Wir werden nicht ewig nur *rummachen* können, über kurz oder lang wird sie gefickt werden wollen. Nur: Ich habe keine Lust, sie zu ficken. Da ist kein Bild von uns beiden, das mich anturnt; da ist keine Idee, kein *Plan*. Aber irgendetwas werde ich tun *müssen*. Sie ist schon dabei, an meinem Schwanz herumzufingern. Eine Erektion rufen ihre Bemühungen nicht hervor, und mein Gefühl sagt mir, dass sich das auch nicht ändern wird.

Um sie nicht merken zu lassen, wie unangenehm mir das ist, und die Situation gleichzeitig aufzulösen, lange ich ihr an die Möse, versuche sie, in möglichst kurzer Zeit dermaßen auf Touren zu bringen, dass sie *meine* vermeintlichen Bedürfnisse einfach vergisst. Dabei rutsche ich so weit von ihr weg, dass ihre Hände meinen Schwanz nicht mehr erreichen können.

Sie reagiert überraschend heftig. Offenbar braucht sie weder ein Mindestmaß an Anlaufzeit, noch verlangt es sie nach irgendeiner Form zärtlicher Kunstfertigkeit.

»Fester. Reib mich fester«, befiehlt sie, kaum dass ich begonnen habe, mit dem Daumen ihren Kitzler zu umkreisen.

»Und jetzt steck mir deine Finger rein!«

Ich weiß nicht, inwieweit ihr Benehmen aufgesetzt ist. In der Art, wie sie den Kopf zurückwirft und ihre Nägel ins Laken krallt, liegt etwas Unechtes. Aber es hat zumindest den *Anschein*, als würde sie in Rage geraten, während ich sie mit vier Fingern meiner Rechten ficke.

»Komm schon! Schneller!«, schreit sie, obwohl ich bereits einen Rhythmus drauf habe, als ob ich mich selber melken würde.

Und dann ist da plötzlich ihre Hand, die sich in mein Gesicht gräbt. Keine Ahnung, ob es am Alkohol oder den Drogen liegt oder an der Konzentration, die ich aufbringe, auf jeden Fall löst diese Aktion keinerlei Schmerzen aus. Also kümmere ich mich nicht groß darum, sehe zu, dass ich weiterhin meinen *Job* mache und bin froh, als es ihr unter fast schon filmreifem Gestöhne und Herumgezucke endlich kommt.

Während ich die Kratzer eingehend betrachte, wundert es mich, dass sie auch jetzt, also acht oder zehn Stunden später (oder wie lange auch immer ich geschlafen habe) kaum wehtun, denn sie sind wirklich tief. Aber selbst wenn sie schmerzen würden, wäre das von nebensächlicher Bedeutung. Der eigentliche Punkt ist, dass sie wirklich übel *aussehen*. Und obwohl ich nicht das Gefühl habe, irgendwelchen Verpflichtungen zu unterliegen, muss ich unwillkürlich an Tanja denken und daran, was dieser Anblick bei ihr für Vermutungen auslösen könnte. Aber damit kann ich mich später noch beschäftigen. Erstmal muss ich zusehen, dass ich hier wegkomme.

Zurück im Schlafzimmer setze ich mich auf die Bettkante und beginne mir die Socken anzuziehen. Zwar bewege ich mich dabei extra vorsichtig, aber eine leichte Gewichtsverlagerung genügt, um Astrid aufzuwecken.

»Hey, schon wach?!«, sagt sie, noch hörbar verschlafen.

»Mhm«, entgegne ich, ohne den Kopf zu wenden.

»Was is' denn los? Willst du weg?« Sie klingt mit einem Mal deutlich munterer.

»Ich *muss*.«

»Bleib doch noch. Wenigstens 'ne halbe Stunde«

Ich spüre ihre Hand an meinem Schwanz. Aber obwohl der diesmal umgehend reagiert, beeile ich mich mit den Socken. Dann befreie ich mich aus ihrem Griff und schnappe mir im Aufstehen weitere Klamotten. Ich will nur noch raus hier. Und das am liebsten schweigend. Mit einem Mitmenschen zu kommunizieren, erscheint mir in diesem Moment als beinah unlösbare Aufgabe, und ich muss alle Kraft aufbringen, um wenigstens ein Minimum an Worten hervorzupressen.

»Nee, ich muss wirklich los. Hab 'ne Verabredung«, stammle ich, während ich, schon fast panisch, in meine Sachen schlüpfe.

Dann reicht es gerade noch für einen flüchtigen Kuss auf ihre Stirn und ein knappes *wir seh'n uns*.

Auf der Straße suche ich als erstes sämtliche Taschen nach Zigaretten ab, finde ein halbvolles Päckchen und stecke mir eine an. Es nieselt leicht und ich bin zu dünn angezogen, trotzdem mache ich mich zu Fuß auf den Heimweg. Bus oder Bahn sind in meinem jetzigen Zustand noch nicht mal *vorstellbar*. Ich habe auch ohne Kontakt zu den dort versammelten Zombies ausreichend zu kämpfen. Mir ist abgrundtief schlecht und mein Kreislauf kackt alle paar Minuten ab. Schlimmer aber noch ist das, was sich in meinem Kopf abspielt. Der Vorrat an *good vibrations* ist restlos aufgebraucht. Nichts mehr da, was wenigstens ein *Minimum* an Halt geben könnte. Stattdessen regiert das Wissen, dass auch dieser Abturn durch nichts anderes als eine längere Auszeit zu bewältigen sein wird. Meinetwegen noch durch Valium. Aber Valium oder etwas Vergleichbares habe ich nicht im Haus. Ich besitze nicht mal mehr ein Krümelchen Gras. Und so ist das Einzige, was mich vorantreibt, das unbändige Verlangen nach einem geschlossenen Raum, der mir die Belange der Außenwelt vom Leib hält.

XII

Ich wache alle paar Minuten auf, werfe einen Blick auf den Wecker und schlafe sofort wieder ein. Sechzehn Uhr neunzehn, sechzehn Uhr sechsundzwanzig, sechzehn Uhr dreiunddreißig … Ich *muss* nicht aufstehen, aber ich sollte. Ich liege schon mehr als siebzehn Stunden flach und weiß dabei doch nur zu gut, dass es mit jeder Minute schwerer werden wird, meine Körperfunktionen auf Trab zu bringen. Auf der anderen Seite ist da das Wissen, dass es nichts gibt, was außerhalb des Bettes auf mich wartet, jedenfalls nichts *Gutes*. Ins Bad schlurfen, pissen, Zähne putzen, etwas Essbares suchen, das Gefundene ohne Appetit hinunterwürgen – dem Drang, diese banalen Verrichtungen so lange wie möglich hinauszuschieben, ist nicht zu widerstehen. Dazu kommt noch die ungeheure Leichtigkeit, mit der ich von einer Sekunde auf die andere in meine Träume zurückfinde. Die Abstände zwischen den Momenten, in denen ich den Wecker kontrolliere, sind gefüllt mit betörend plastischen Bildsequenzen, die jedes Zeitgefühl aufheben und mich einfach nicht freigeben wollen. Und so wird es neunzehn Uhr, bis ich mich endlich in die Senkrechte quäle.

Ich habe Schmerzen in der Nierengegend. Ob die vom Saufen oder vom zu langen Liegen herrühren, wird sich zeigen. Wenigstens hat sich meine Lunge erholt. Zwanzig Stunden ohne Kippe kommen in meinem Leben selten vor.

Ein gutes Zehntel dieser Zeitspanne bleibt mir, um mich für die Arbeit fit zu machen. Aber schon auf dem Weg ins Badezimmer merke ich, dass das nicht reichen wird. Ich bin körperlich und seelisch derart *ausgelaugt*, dass es mir bereits unvorstellbar erscheint, die Stufen bis zur Haustür zurückzulegen.

Diese Erkenntnis zieht mich noch tiefer runter. Klar, ich könnte in der Druckerei anrufen und den Herrschaften dort irgendeinen Schwindel auftischen. Aber diese Option ist eine rein *theoretische*. Ich bin so leer im Kopf, dass mir schon die Begrüßung Schwierigkeiten bereiten würde. Also steht zu befürchten, dass ich diesen so verdammt *angenehmen* Job spätestens morgen verloren haben werde. Und es gibt nichts, was ich dagegen unternehmen kann. Was mir bleibt ist Verdrängung, also wieder mal TV.

Während ich so daliege und auf die bunten Bilder starre, ohne ihrem Inhalt auch nur ein Minimum an Sinn abzugewinnen, denke ich darüber nach, warum ich immer wieder in Situationen wie diese gerate. Das Muster ist stets dasselbe: Jedes Mal, wenn es mir gelingt, ein gewisses Maß an *Stetigkeit* in meinen Alltag zu bringen, ereignet sich etwas, das mich in meinen Bemühungen mindestens bis an den Ausgangspunkt zurückwirft. Auslöser dieser Rückschläge bin *immer* ich selbst – als würde ich es einfach nicht ertragen können, wenn die Dinge ausnahmsweise perfekt laufen, als würde ich ein stressfreies Leben nicht *aushalten*. Stattdessen bin ich stets aufs Neue gezwungen, mich aus den Trümmern einer Struktur herauszukämpfen, die ich selber eingerissen habe. Dass ich wider besseres Wissen immer weitere Versuche unternehme, diesen Kreislauf zu durchbrechen, ja mehr noch: dass ich seine Existenz regelmäßig *vergesse*, ist dabei natürlich der größte Witz.

Auch diesmal begebe ich mich zurück in die Spur, springe erneut ins Laufrad und beginne, wenn auch langsam, wieder Fahrt aufzunehmen.

Nachdem ich noch einmal zwölf Stunden geschlafen habe, bin ich am Montagvormittag bereits in der Lage, ein paar Besorgungen zu erledigen. Wieder zu Hause lese ich die eingegangenen E-Mails und höre meinen Anrufbeantworter ab. Zum Zurückrufen beziehungsweise -schreiben reicht die Kraft noch nicht. An die Arbeit am Roman ist noch nicht mal zu *denken*. Dafür ist mein Appetit wieder da. Und so stopfe ich, während ich mir ein paar Filme ansehe, Süßigkeiten, Fertigpizza und Dosen-Ananas in mich hinein wie eine Schwangere.

Am Dienstag bin ich soweit wiederhergestellt, dass ich Telefonate entgegennehmen und sogar selbst ein paar Leute anrufen kann. Ich bekomme Lust, mich bei Tanja zu melden, verwerfe diese Idee aber wieder. Die Kratzspuren sind immer noch sichtbar. Außerdem scheue ich ein erneutes Besäufnis. Auch wenn es mir bereits zum Hals raushängt: Für heute wird mir noch einmal die Glotze über die Runden helfen müssen.

Nachdem ich es mir auf dem Bett gemütlich gemacht und damit begonnen habe, mich durch die Programme treiben zu lassen, muss ich unweigerlich daran denken, dass ich auch heute wieder in der Druckerei hätte antanzen müssen. Und obwohl ich dem Job und der Kohle, die er mir eingebracht hat, aufrichtig hinterhertrauere, bin ich doch in der Lage, mich darüber zu freuen, dass ich mich hier auf der Matratze aalen darf, anstatt in der kühlen Herbstluft den Greifarm eines Roboters nachzuahmen. Natürlich werde ich nicht daran vorbeikommen, erneut bei der Jobvermittlung vorstellig zu werden. Und das sicher noch diese Woche. Aber das ist kein Grund, den aktuellen Gewinn an Freizeit nicht zu genießen.

Als es gegen neun an der Tür klingelt, lautet der erste Gedanke: die Ohren auf Durchzug. Ich verspüre nicht die geringste Lust, etwas an meiner entspannten Lage zu ändern. Dann gewinnt die Neugier die Oberhand. Ich will mir den ungebetenen Gast wenigstens ansehen. Abwimmeln kann ich ihn immer noch. Schließlich bin ich Schriftsteller, habe also rund um die Uhr zu tun, ho, ho.

Ich öffne die Tür und habe Tanja vor mir.

»Shit, was ist denn mit dir passiert?«

»Was meinst du?« Ich brauche einen Moment, um zu begreifen, dass sie von den Kratzspuren spricht. Zum Glück hatte ich mittlerweile genug Zeit, um mir gleich *mehrere* Lügen zurechtzulegen. Jetzt greife ich mir aus diesem Bündel wahllos eine heraus. »Ach, das«, sage ich leichthin, »das hat mir am Wochenende 'n Mädchen verpasst, mit dem ich mal was hatte. Die ist ziemlich wahnsinnig, weißt du.« Bei diesen Worten muss ich unweigerlich an Nadine denken und glaube beinahe selbst, was ich da sage. »Aber komm doch rein.«

Ich lotse Tanja ins Schlafzimmer, krabble zurück auf mein Lager und greife nach der Fernbedienung. Ich kann mich nicht dazu entschließen auszuschalten, mache aber wenigstens den Ton leiser. Tanja lässt sich auf der Bettkante nieder.

»Ich hoffe, ich stör' dich nicht«, sagt sie und wirft mir über die Schulter einen forschenden Blick zu.

Ich sehe erst jetzt, dass sie eine Weinflasche in der Hand hält.

»Aber nein, überhaupt nicht. Zieh deine Schuhe aus und komm her.«

»Warte, ich will mich erst um den Wein kümmern.« Sie verschwindet in die Küche und kehrt mit Korkenzieher und Gläsern zurück.

»Du warst also aus am Wochenende?« Sie übergibt mir den Korkenzieher und streift sich die Schuhe ab. Gleich darauf kniet sie – in beiden Händen je ein Glas – neben mir auf dem Bett.

»Hmmh«, murmle ich, während ich vorgebe, mich aufs Öffnen zu konzentrieren.

»Und wie war's?«

»Anstrengend.« Ich nehme eine Hand von der Flasche und zeige auf mein Gesicht.

Sie lacht.

»Und du?« Ich denke daran, wie ich in der Nacht auf Samstag die Clubs nach ihr durchkämmt habe, und bin wirklich gespannt auf ihre Antwort.

»Ich war in Marburg bei 'ner Familienfeier. Meine Tante ist sechzig geworden.«

Zu hören, dass sie nicht in der Stadt war, löst bei mir ein Gefühl freudiger Erleichterung aus. Es gab überhaupt keine *Möglichkeit*, sie zu finden.

»Und wie war *das*?« Ich rechne mit einem der üblichen Statements zwischen *langweilig* und *grausam*, aber Tanja überrascht mich.

»Ach, eigentlich ganz interessant«, sagt sie, und ich meine dabei etwas Frivoles in ihren Augen aufblitzen zu sehen.

Ich bin versucht nachzuhaken, aber die Möglichkeit, dass ich mich getäuscht haben könnte, hält mich davon ab. Auf nichts hätte ich jetzt weniger Lust als auf eine ellenlange Schilderung *interessanter* Familienstrukturen, *interessanter* Begegnungen oder *interessanter* Rituale. Ich möchte am liebsten überhaupt nicht reden.

Zum Glück spürt Tanja das, und so trinken wir das erste Glas in nahezu vollständigem Schweigen, während vor uns auf dem Bildschirm stumme Bullen einen stummen Mörder jagen.

Ich bin froh, dass sie da ist, und ich bin froh, dass ich sie anfassen kann. Ich bekomme schon einen Steifen, als wir nur anfangen uns zu küssen.

»Ich habe meinen Cousin auf diesem Fest getroffen«, flüstert Tanja, während wir uns gegenseitig ausziehen.

»Und?«

»Wir waren irgendwie schon immer scharf aufeinander. Aber diesmal hab ich ihn rangelassen.«

Darauf also hat sich der Begriff *interessant* bezogen. Mein Empfinden hat mich nicht getrogen.

Während ich es ihr mit der Hand mache, ermuntere ich sie, mir die Details zu erzählen, und so erfahre ich, dass sich die beiden auf den Dachboden gestohlen haben, dass er sie dort mit einer Flasche befriedigt hat und dass sie ihm später beim Ficken einen Finger in den Arsch stecken musste.

Das mit der Flasche halte ich für eine Erfindung. Vielleicht ist auch die ganze Story erfunden. Aber das ist *nebensächlich*. Meiner Erregung ist es gänzlich egal, ob diese Bilder der Wirklichkeit entstammen. Es genügt, dass ich sie *vor Augen* habe.

»Hast du an mich gedacht, während er dich gevögelt hat?«, frage ich, während ich längst selber dabei bin, sie zu vögeln.

»Ja.«

»Hast du an meinem Schwanz gedacht?«

»Ja.«

»Und du wusstest schon währenddessen, dass du mir hinterher davon erzählen würdest?«

»Ja.«

Mag sein, dass auch das nicht der Wahrheit entspricht. Aber natürlich entspricht es genau dem, was ich hören möchte. Ich bekomme nicht genug von Tanjas Worten und bevor ich abspritze, lasse ich sie alles noch einmal schildern, wobei ich besonderen Wert auf die genaue Beschreibung ihres Cousins lege.

Anschließend ziehen wir uns einen alten Schwarz-Weiß-Schinken rein. Diesmal mit Ton. Den restlichen Wein überlasse ich Tanja.

Als ich ihr irgendwann den letzten Schluck ins Glas gieße, wird mir die Tatsache bewusst, dass wir zum ersten Mal nahezu nüchtern miteinander gefickt haben.

XIII

Als ich Tanja zwei Tage später besuche, hängt ein Typ bei ihr ab.

Ich habe mich gerade aus unserer ersten Umarmung gelöst, als mir das Rauschen der Klospülung verrät, dass wir nicht allein sind.

Erstaunt sehe ich Tanja an, denn wir waren für diese Uhrzeit *verabredet*. Sie zuckt mit den Schultern.

»Winfred, ein Freund von mir.«

Ich kann nicht fassen, mit welcher Leichtigkeit ihr dieser Satz über die Lippen geht. Seitdem wir uns kennen, sind wir uns noch nie im Beisein von Dritten begegnet, und ich kann mich nicht erinnern, dass wir eine *Änderung* dieser Bedingung beschlossen hätten.

»Scheiße, schmeiß ihn raus«, raune ich ihr zu.

Aber bevor Tanja dazu kommt, mir zu antworten, öffnet sich die Badezimmertür und ihr Besucher tritt auf den Flur. Er sieht genauso unvorteilhaft aus wie er heißt: halblanges ausgedünntes Haar mit stark gekürztem Pony; kerniges, extrem gebräuntes Naturburschengesicht; selbst gestrickter Wollpullover mit zu kurzen Ärmeln und schiefem, aufgerolltem Bund. In den Achtzigern haben sich Menschen seines Schlages die Begriffe *Öko* oder *Teesocke* gefallen lassen müssen, im Hier und Jetzt scheint mir der Ausdruck *Restbestand* angebrachter.

Tanja macht uns miteinander bekannt. Und noch während wir uns artig die Hände schütteln, wird klar, dass Winfred *mehr* ist als ein Freund; zumindest *wäre* er das gern. Er zerquetscht mir fast die Finger und starrt mich feindselig an – Hahnenkampf-Atmosphäre für Unterbelichtete. Tanja bekommt davon nichts mit, übt sich munter in Konversation: »Winfred muss in anderthalb Stunden zurück nach Hamburg und wir wollten vorher noch was trinken geh'n. Kommst du mit?« Sie sieht mich erwartungsvoll an.

»Ja, klar«, sage ich und versuche mich an einem erfreuten Lächeln. Was bleibt mir auch anderes übrig?! Die Alternative hieße, zurück nach Hause zu fahren, und das wäre trotz meiner Verärgerung ganz sicher die falsche Reaktion. Außerdem ist da ja noch die tröstende Aussicht, den Armleuchter bald wieder los zu sein.

Tanja schlägt eine Pinte in der Nähe vor, also machen wir uns zu Fuß auf den Weg.

Winfred bewegt den Kopf beim Gehen ruckartig vor und zurück wie eine Taube auf Futtersuche und redet dabei heftig auf Tanja ein. Soweit ich das mitbekomme, geht es um irgendeine Umweltschutzorganisation, für die er tätig ist. Ich bin zwei Meter hinter den beiden und während ich beobachte, wie sie miteinander sprechen, fällt der Ärger nach und nach von mir ab. Vielleicht ist die Nervensäge ja *unangemeldet* vorbeikommen und Tanja hat es nicht mehr geschafft, mir rechtzeitig Bescheid zu geben. Warum diese Situation also nicht einfach *auskosten*?! Hier ist ein Typ, der auf das Mädchen scharf ist, das ich regelmäßig ficke. Aber da ebendieser Typ davon nichts weiß (es würde mich zumindest schwer wundern, wenn er etwas wüsste), muss er davon ausgehen, dass seine Auserwählte noch zu *haben* ist – und zwar in jeder Hinsicht. Die Vorstellung, dass es ausgerechnet in *meiner* Macht liegen könnte, Tanja dazu zu bringen, seinen Träumereien Erfüllung zu verschaffen, bereitet mir mit einem Mal ein geradezu perverses Vergnügen. Denn wenn Winfred auch nicht wissen mag, welche Rolle ich in Tanjas Leben spiele, so scheint er doch zu *ahnen*, dass er es in meiner Person mit einem Konkurrenten zu tun hat. Es verbietet sich zwar, etwas in dieser

Richtung zu starten – dafür ist Winfred einfach zu *abstoßend*, aber ich weiß, dass ich nachher mit Tanja zumindest darüber sprechen werde. Gerade dieses Abstoßende macht einen nicht geringen Reiz aus.

Nachdem wir in dem kleinen Café, das Tanja für uns ausgesucht hat, einen Platz gefunden und unsere Bestellung aufgegeben haben, treibt es Winfred erneut auf die Toilette. Wahrscheinlich ist ihm meine Anwesenheit auf die Blase geschlagen.

Als wir allein sind, steckt sich Tanja eine Zigarette an. Dann lehnt sie sich in ihrem Stuhl zurück, lässt eine dünne Rauchfahne Richtung Decke steigen und sagt, ohne mich dabei anzusehen: »Ich werde wohl nächsten Monat nach Hamburg zieh'n.«

Diese Information kommt derart überraschend, dass ich für einen längeren Augenblick sprachlos bin. Ich muss über das so unscheinbar wirkende Wörtchen *wohl* nachdenken, würde gerne wissen, ob es in diesem Zusammenhang irgendein Gewicht besitzt, oder nur eine Floskel darstellt. Aber als ich schließlich den Mund öffne, hat sich längst eine andere Frage in den Vordergrund gedrängt.

»Heißt das: Du ziehst zu *Winfred*?«

»Nein.« Sie lacht. »Ich werde erstmal bei 'ner Freundin wohnen. Aber Winfred hatte die Idee. Er arbeitet für den *BUND*, diesen Umweltschutzverband, und er kann mir da 'nen Job besorgen. Die suchen Leute für ihre PR-Abteilung …«

Sie macht eine Pause und nimmt einen konzentrierten Zug von ihrer *Gauloises Blondes*. Dann sieht sie mich endlich an. »Ich verdiene mit dem Fotografieren einfach nicht genug.«

Ich registriere Bedauern in ihren Augen, und plötzlich ist es ganz leicht, das anzusprechen, was mich *wirklich* beschäftigt.

»Und wie sicher ist das?«

»*Ziemlich* sicher.«

Jetzt müsste die Frage kommen, ob ihr Umzug irgendeinen Einfluss auf unsere Verbindung haben wird, konkret: ob wir uns weiterhin sehen werden – Hamburg ist schließlich nicht mehr als zweihundert Kilometer entfernt. Aber ein derart *deutliches* Eingeständnis bringe ich dann doch nicht über die Lippen. Nicht zuletzt, weil ich aus den Augenwinkeln Winfreds Rückkehr registriere. Stattdessen sage ich *na, dann ... viel Glück*, und sehe mich suchend nach der Bedienung um, weil es dem Augenblick angemessen wäre, jetzt das Glas zu heben.

»Ah, ihr sprecht über den Umzug«, trötet Winfred mit der lautstarken Jovialität eines Büttenredners und wirft mir einen Blick zu, als ob er Tanja gerade das sechste Kind gemacht hätte. Dann setzt er, noch während er ebenso umständlich wie geräuschvoll Platz nimmt, zu einem weitschweifigen Vortrag über die *aufregenden Pläne* seines Brötchengebers an.

Ich klinke mich innerlich aus, sehne nichts weiter herbei als das große Bier, das ich bestellt habe.

Als die Getränke endlich vor uns stehen, ist es Winfred, der den fälligen Toast ausspricht.

»Auf einen neuen, Erfolg versprechenden Lebensabschnitt!«, sagt er und ist sich nicht zu blöd, seinen sehnigen Leib dabei halb aus dem Korbstuhl zu wuchten.

Ich ringe mir ein müdes Lächeln ab und sehe verstohlen auf die Wanduhr. Noch fünfzig Minuten ...

Fünfzig Minuten, die sich hinziehen wie der Auftritt einer Schultheater-Gruppe. Aber irgendwann sind auch die überstanden und Winfred verabschiedet sich Richtung Bahnhof.

»War nett, dich kennen zu lernen«, sagt er, ein verkrampftes Grinsen in der Fresse, während seine Augen mich nach wie vor mustern, als sei ich etwas Ansteckendes, das am besten mit dem Flammenwerfer ausgerottet gehört.

»Hat mich ebenfall gefreut«, sage ich und habe, weil ich mir in dem Moment vorstelle, wie mir seine *gute Freundin* nachher gepflegt den Schwanz lutscht, keinerlei Schwierigkeiten, ihm mein breitestes Lächeln zu schenken.

Dann wird Tanja umarmt und noch einmal ausgiebig mit altklugen Bemerkungen zum Thema Umzug bedacht, bevor Winfreds knallroter Trekkingrucksack, der aussieht, als ob er ein Schweinegeld gekostet hätte, endlich aus der Tür verschwindet.

Ich unterdrücke den Impuls, Tanja zu fragen, wie sie eine derartige Nervensäge länger als fünf Minuten erträgt, kann das Thema allerdings nicht komplett unter den Tisch fallen lassen. Dafür war die Begegnung mit Winfred einfach zu *beeindruckend*.

»Woher kennt ihr euch eigentlich?«

»Winfred und ich?« Tanja spielt gedankenverloren mit ihrem leeren Cocktailglas. »Wir kennen uns schon ewig. Noch aus der Schule. Wir waren sogar mal kurz zusammen. Na ja, fast. Während 'ner Klassenfahrt.«

Ich kann der Versuchung nicht widerstehen, der Moment ist einfach zu günstig: »Und heute? Würdest du ihn heute noch mal ranlassen?«

»Winfred?!« Sie stößt ein ungläubiges Lachen aus. Dann sieht sie mich an und ihr Blick verrät, dass sie zumindest erahnt, worauf ich mit meiner Frage hinaus will.

Ich mache ein betont unschuldiges Gesicht.

»Trinken wir noch was?«

Auf dem Rückweg zu Tanjas Wohnung kaufe ich am Kiosk drei Sechserträger Bier und zwei Flaschen Wein. Auch wenn es noch drei oder vier Wochen dauern mag, bis Tanja verschwindet, verspüre ich schon heute das Bedürfnis nach einem rauschenden Abschied. Ich will so lange wach bleiben wie nur möglich und bis dahin das Maximum an Sex und Alkohol genießen. Tanja scheint diesen Plan nicht zu missbilligen, zumindest erhebt sie keine Einwände, als ich den freien Platz vor der Kasse mit Flaschen zustelle.

Gegenseitiges Aufgeilen mit Hilfe der (mehr oder weniger) erprobten Manipulationen; Verzögerungsstrategien; unaufgeregtes gemeinsames Wichsen; viele Blicke; viele Worte; am Ende die unabwendbare Vereinigung; und dann kurz vorm Abspritzen: ein abrupter Break. Danach weiterer Wein und weiteres Bier; Musik, bei der wir in den letzten Wochen festgestellt haben, dass sie uns beiden gefällt; Gespräche über Sex; die Preisgabe von angestaubten Erlebnissen; und natürlich zu allem ungezählte Zigaretten, bis die nackte Haut erneut Tribut fordert, einen von uns beiden dazu zwingt, ein weiteres Mal Hand an den anderen zu legen.

Wir ficken als ob in Kürze der elektrische Stuhl auf uns warten würde, und irgendwann höre ich auf, die Nummern mitzuzählen. Habe ich mich am Anfang noch dazu zwingen müssen, nicht zu kommen, bin ich irgendwann einfach zu betrunken dazu. Aber das stört mich nicht, im Gegenteil: Das ist genau der Zustand, den ich erreichen wollte. Mein Schwanz soll wieder und wieder hart werden, damit ich Tanja die größtmögliche Menge an Orgasmen verschaffen kann. Ich will sie *wund* ficken. Ich will uns *beide* so dermaßen wund ficken, dass wir Schmerz und Lust nicht mehr voneinander unterscheiden können. Ich muss einzig und allein darauf achten, nicht zu schnell zu trinken – natürlich ohne dabei ganz damit aufzuhören.

Einmal nennt sie mich *Baby*, während ich sie auf ihr Geheiß hin von hinten nehme und eine ganze Serie von Schlägen auf ihre Arschbacken prasseln lasse. Und obwohl ich diesen Ausdruck normalerweise *hasse*, treibt er mir Schauer der

Freude durchs Hirn, denn in diesem kurzen Augenblick muss sie sich vollkommen vergessen haben.

Nachdem wir ausgiebig von ihrem Plug Gebrauch gemacht haben, ist irgendwann auch der Moment gekommen, an dem ich ihr zum ersten Mal meinen *Schwanz* in den Arsch stecken darf. Und obwohl ich gerade mal mit der Eichel in sie eindringe und wir uns danach so gut wie gar nicht bewegen, ist sie im Anschluss ganz aufgeregt vor Stolz.

»Wahnsinn, das war eine richtige *Premiere*«, kichert sie, während ich sie nun wieder in die Möse ficke.

Ich weiß natürlich, dass diese Reihenfolge (zumindest beim Verzicht auf Kondome) Pilzerkrankungen und ähnlichen Unbill nach sich ziehen kann, und wahrscheinlich weiß Tanja das ebenfalls, aber das spielt heute Nacht keine Rolle.

Wir sprechen kaum über Hamburg, und wenn dann übertrieben abgeklärt, so als würde der Umzug keinerlei Bedeutung besitzen. Aber der Ortswechsel liegt über allem, lädt die Stunden mit nicht enden wollender Energie auf.

»Ich kann nicht mehr«, keucht Tanja irgendwann. Aber ich überhöre das einfach, lasse Speichel auf ihre knallrote Spalte tropfen, greife ihr mit beiden Händen von oben unter die Schamlippen und ziehe die Haut für ein oder zwei Sekunden vorsichtig nach außen. Das wiederhole ich so lange bis Tanja aufstöhnt und obwohl sie gerade noch davon gesprochen hat, wie weh ihr alles täte, ficken wir weiter.

Als sie eine halbe Stunde später pissen muss, erscheint es ganz selbstverständlich, dass ich ihr ins Badzimmer folge. Und sie lässt sich nicht lange bitten, hat *sichtbar* Spaß daran mich, geil zu machen. Ohne dass ich es aussprechen muss, steigt sie in die Dusche, spreizt bereitwillig die Schenkel und beginnt mit ihrem Kitzler zu spielen. Als der von der übermäßigen Flüssigkeitsaufnahme fast schon klare Urin dann aus ihr herausschießt, sieht sie mich herausfordernd an. Und wieder wird mein Schwanz hart. Wieder bleibt am Ende nur die *Vereinigung* unserer ausgepumpten, schweißverklebten Leiber. Aber das genügt noch nicht. Dieser Nacht fehlt ein weiterer, ein *echter* Höhepunkt, ein Erlebnis das sich wie gespannter Draht ins Gedächtnis schneidet.

»Auf Schmerzen stehst du nicht unbedingt …«, sage ich, wobei ich den Satz, weil ich an unsere Geduldsspiele beim Analverkehr denken muss, halb als Frage halb als Feststellung formuliere.

Wir haben die Lampen gelöscht und die Jalousie hochgezogen, sitzen nebeneinander auf dem Bett und beobachten das aufkeimende Tageslicht. Ich nehme einen Schluck Bier und erwarte – wenn überhaupt – eine zustimmende Antwort, aber dann sagt Tanja: »Doch, manchmal schon.« Und ich weiß, dass ich, wenn auch unabsichtlich, ins Schwarze getroffen habe.

»*Wann*?« Ich unterdrücke den Impuls sie anzusehen.

»Eigentlich nur, wenn ich allein bin.«

Eine Antwort, die mein Vorstellungsvermögen vollständig übersteigt und mich gleichzeitig so irre macht, dass ich Mühe habe, meine Stimme zu kontrollieren.

»Erzähl mir davon«, sage ich und bete darum, mit diesen Worten nicht zu weit vorgeprescht zu sein. Denn nichts scheint wichtiger als die Preisgabe dieses Geheimnisses, das – dessen bin ich mir sicher – ihren Mund nie zuvor verlassen hat.

»Nein«, sagt Tanja und mir stockt einen Herzschlag lang der Atem. »… ich *zeig's* dir.«

Sie schiebt sich vom Bett, kramt kurz in ihrem Kleiderschrank und kehrt mit einem hölzernen Kästchen zurück.

Nachdem sie es sich mir gegenüber im Schneidersitz gemütlich gemacht hat, öffnet sie den Deckel und lässt mich hineinschauen. Ich blicke auf vier kleine Metallklemmen, wie sie normalerweise beim Befestigen von Vorhängen Verwendung finden.

»Die benutze ich manchmal, wenn ich's mir selber mache«, sagt Tanja, und ich bekomme zumindest eine *Ahnung*, worum es hier geht.

»Zeig mir das, verdammt! Lass mich das *seh'n*!«, stoße ich keuchend hervor, nicht mehr in der Lage, meine Erregung zu verbergen.

Tanja zögert nicht. Warum auch?! Die Scham haben wir längst hinter uns gelassen. Sie wirft mir einen kurzen Blick zu, so als wolle sie sich vergewissern, dass ich die *Bedeutung* dieses Augenblicks begriffen habe. Dann nimmt sie sich eine Klemme und befestigt sie mit geübtem Griff an einer der äußeren Schamlippen. Dieser Vorgang wiederholt sich dreimal, bis schließlich jeweils zwei Klemmen auf jeder Seite stecken.

Tanja atmet schwer, erduldet die Tortur nur unter heftigem Stöhnen. Trotzdem lehnt sie sich zurück und beginnt, sich mit schnellen Bewegungen die Klitoris zu reiben.

Gebannt sehe ich ihr zu, und kann – gefangen von der Einzigartigkeit des Schauspiels – gar nicht anders, als es mir ebenfalls selbst zu machen.

Nach ungefähr einer Minute stoppt sie abrupt, setzt sich wieder auf und erlöst sich von den Marterinstrumenten. Sie sieht mich an, und da ist nichts als Glück in ihren Augen.

»Normalerweise mache ich das ein paar Mal nacheinander«, sagt sie, noch immer außer Atem. »Es ist einfach ein Wahnsinnskick, wenn der Schmerz langsam nachlässt.«

»Darf ich …?« Ich zögere einen Moment. »Darf *ich* es mal versuchen?«

»Ja, aber warte noch einen Augenblick.«

Die Sekunden verabschieden sich mit der Geschwindigkeit eines Insekts, das auf dem klebrigen Film eines Fliegenfängers verendet. Meine Erregung hat das absolute Maximum erreicht.

Ich habe immer noch die Hand an meinem Schwanz und kann mich nur mit Mühe davon abhalten, mir vor Tanjas Augen im Stil eines notgeilen Pavianmännchens einen abzuwichsen. Aber dann sagt sie *okay* und legt sich wieder auf den Rücken.

Ich platziere zwei der Klemmen, so wie sie es mir vorgemacht hat, wobei ich versuche, mich zu beeilen und nicht *zu* vorsichtig zu sein, entscheide dann, dass zwei genügen, und schiebe ihr meinen Schwanz in die Möse. Ich ficke sie vielleicht eine halbe Minute lang. Dann ziehe ich mich aus ihr zurück und entferne die Klemmen wieder. Nach einer weiteren halben Minute beginne ich die Prozedur von neuem. Und während der sechsten oder siebten Wiederholung bekommt Tanja ihren Abgang. Und das war es dann. Das war es, was diese Nacht so unbedingt gebraucht hat. Tanja murmelt etwas, von dem ich nur die Worte *so geil* verstehe, streicht mir über den Arm und schlüpft unter die Decke, wo sie sich augenblicklich zusammenrollt und – die Knie unters Kinn gezogen – die Augen schließt.

Ich beuge mich zu ihr herab und flüstere: »Ich verschwinde dann mal.«

»Ja«, sagt sie nur, so leise, dass ich es kaum verstehen kann, und wirkt dabei, als würde sie innerhalb der nächsten Sekunde einschlafen.

Ich sammle die Klemmen zusammen, lege sie in das hölzerne Kästchen und ziehe mich so geräuschlos wie möglich an.

XIV

Der Geruch ist derart unerträglich, dass ich meine Klamotten vor dem Waschen kein zweites Mal anziehen kann. Duschen ist ohnehin Pflicht, denn dieser Mix aus den Gerüchen von schmelzendem Käse, abgestandener Tomatensauce und angebranntem Teig setzt sich nicht zuletzt in den Haaren fest.

Ich habe bei einem Pizzabringdienst angeheuert. Diesmal ohne den lästigen Umweg über die Jobvermittlung. Ein Freund hatte mich angerufen und gute Verdienstmöglichkeiten sowie Gratis-Essen ohne Ende erwähnt.

Das mit dem Essen war nicht gelogen. Allerdings hat mein Appetit auf italienisches Fastfood mittlerweile mächtig nachgelassen. Habe ich mir anfangs tagtäglich eine Salami-Pizza oder eine Portion Spaghetti Bolognese gegönnt, greife ich nun – drei Wochen nach Arbeitsbeginn – höchstens noch zu einem Pizzabrötchen oder zu einer der schlabbrigen, mittelscharfen Peperoni. Und das auch immer seltener.

Der angekündigte *Spitzenverdienst* hat sich von vornherein als Aussage aus dem Reich der Fabeln erwiesen. Für jede ausgelieferte Bestellung gibt es zwei Mark. Da wir Fahrer pro Tour im Schnitt vier Bestellungen durch die Gegend kutschieren, könnte sich das theoretisch lohnen. Aber es gelingt einfach zu selten, mehr als eine Tour pro Stunde zu bewältigen. Mal ist die angegebene Hausnummer nicht zu finden und du darfst die Straße wieder und wieder abfahren, während du mit dem dünnen Strahl deiner Billig-Taschenlampe aus dem geöffneten Fenster heraus die Dunkelheit zu durchdringen versuchst. Mal will jemand seine Zwölf-Neunzig-Bestellung mit einem Hunderter bezahlen und du trabst mit dem Schein in der Hand auf der verzweifelten Suche nach Wechselgeld von einer Kneipe zur nächsten.

Bei alldem kannst du nur darum beten, dass die Ware, die du noch *nicht* ausgeliefert hast und die in den jämmerlich dünnen Styroporboxen im Kofferraum deines Fiat Uno stetig an Temperatur verliert, nicht schon eiskalt geworden ist. Ansonsten hagelt es garantiert Beschwerdeanrufe und du musst die Tour noch einmal machen. Natürlich für lau.

Es heißt also sich sputen, sprich: eine Fahrweise an den Tag zu legen, die nicht selten dazu führt, dass du den Belag der Pizza, den es in irgendeiner Kurve an den Rand des Kartons gedrückt hat, nach der Ankunft erst einmal mit der bloßen Hand zurück an die ursprüngliche Stelle schieben musst. Das sieht natürlich nicht immer hübsch aus und zieht ebenfalls regelmäßig Beschwerden nach sich.

Trotz der Hetzerei (nicht selten werden die Kartons im *Laufschritt* zu den Fahrzeugen transportiert), trotz der missachteten Rotsignale und der konstanten Geschwindigkeitsüberschreitung, kann es dir jederzeit passieren, dass du zehn oder fünfzehn Sekunden nach einem deiner Kollegen in die Zentrale zurückkommst (und sei es nur, weil dir *der Arsch* direkt vor der Nase den Parkplatz weggeschnappt hat). Und wenn du dann richtig Pech hast, heißt es, an die zwanzig Minuten warten, bis genügend Bestellungen für die nächste Fuhre zusammengekommen sind. Das schürt natürlich den Konkurrenzkampf, aber da wir Auslieferer den größten Teil unserer Arbeitstage im Auto verbringen, ist das Klima auszuhalten. Die Lieferungen selbst bieten immerhin den Reiz der Fahrstil-Korrektur. Motor und Getriebe gehören schließlich der Firma, dürfen also nach allen Regeln der Kunst misshandelt werden. Nervig sind allein die Kunden, die dich mit zehn oder zwanzig Pfennig Trinkgeld abspeisen. Und davon gibt es nicht wenige.

Von Tanja höre ich während dieser gesamten Zeitspanne nichts. Sicher ist sie mit ihrem Umzug beschäftigt. Vielleicht reicht es ihr aber auch mit unserem kleinen Experiment, vielleicht ist sie an ihre Grenzen gestoßen. Auch mich beschleicht hin und wieder die Ahnung, dass das reine Abarbeiten sexueller Phantasien es auf Dauer nicht sein kann, dass jetzt vielleicht etwas anderes kommen muss, etwas, das mit Gefühlen zu tun hat. Etwas *Gesünderes*. Aber spätestens wenn ich mir abends einen runterhole, tritt der brennende Wunsch nach einer Fortsetzung ins Zentrum meines Bewusstseins. Tanjas Körper und Tanjas Stimme beherrschen die Rangliste meiner kopfeigenen Masturbationsvorlagen mit einer Ausschließlichkeit, die mir bisher fremd war. Selbst wenn ich mir einen Porno reinziehe, verleitet mich das Bildschirmgeschehen früher oder später dazu, an all das zu denken, was mit *Tanja* noch möglich wäre.

In solchen Momenten wird der Drang, mit ihr Kontakt aufzunehmen, ihr vielleicht einen Brief zu schreiben, nahezu übermächtig. Aber weil ich nicht weiß, wie ich das Vorhaben angehen soll, ohne dabei in eine Position der Schwäche zu geraten, schiebe ich es vor mir her wie ein Stricher den dringenden HIV-Test. Es ist *Tanja*, die sich melden muss, alles andere würde die Konstellation, in der wir uns nun seit gut zwei Monaten bewegen, in einem Maß verändern, an dem zumindest mir nicht gelegen sein kann. Entweder es geht nach den bisherigen Bedingungen weiter oder es ist eben zu Ende. So denke ich, und doch sehne ich Tanjas Anruf herbei wie ein Langzeitgefangener den ersten Hafturlaub. Ich versuche, mich nach Möglichkeit zu beschäftigen, arbeite sogar ein bisschen an meinem Manuskript. Aber nachdem ich mir eines Abends, ohne vorher etwas zu essen, in ungewohnter Geschwindigkeit ein paar Bier in den Hals geschüttet habe, bricht sich das unterdrückte Bedürfnis ungeplant Bahn. Plötzlich scheint mir die

Idee, eine Nachricht auf die Reise zu schicken, vollkommen *schlüssig*. Also setze ich – natürlich ohne dabei mit dem Trinken aufzuhören – einen Brief auf, in dem Wörter wie *Einzigartigkeit*, *Angst* oder *Flucht* eine Rolle spielen. Obwohl der sexuelle Bezug aus jeder Zeile herauszulesen ist, vermeide ich jede *direkte* Anspielung, lasse mich erst am Ende zu einem *zwei oder drei wohlgesetzte Hiebe auf Deinen vorlauten Hintern* hinreißen.

Ich tüte die anderthalb Seiten ein, beschrifte und frankiere den Umschlag und bin – um die morgige erste Leerung mitzunehmen – kurz davor, mich auf den Weg zum Postkasten zu machen. Doch dann überkommt mich ein Anflug von Klarheit, der mich davon abbringt. Wie zufrieden ich mit dem Ergebnis gerade auch sein mag: Es kann nicht schaden, den Brief noch einmal in *nüchternem* Zustand zu lesen. Ich lege ihn auf den Küchentisch und nehme mir ein neues Bier aus dem Kühlschrank. Dann werfe ich den Computer an und beginne, ein paar Runden Solitaire zu spielen.

Als ich erwache, blinkt der Anrufbeantworter. Ich höre ihn ab und habe zu meiner grenzenlosen Verblüffung Tanjas Stimme im Ohr: »Ich bringe heute Abend meine letzten Sachen nach Hamburg und wollte fragen, ob du mitkommen willst.«

Ich habe zwei Tage frei, muss mich also noch nicht mal krankmelden.

Da sie keine Nummer hinterlassen hat, ist davon auszugehen, dass sie sich in ihrer alten Wohnung aufhält. Ich werfe einen Blick auf die Uhr: kurz nach zwei. Eigentlich hatte ich ein Glas Wasser trinken wollen. Aber das verschiebe ich auf später. Je eher ich sie erwische, desto besser. Wer weiß, was sie heute alles zu tun hat.

Ich habe Glück. Nach dem vierten Klingeln hebt sie ab.

»Und? Hast du Lust?«, will sie wissen, nachdem ich mit reichlich versoffener Stimme eine Begrüßung herausgekrächzt habe.

Ich bejahe und wir verabreden uns für siebzehn Uhr bei ihr.

»Cool. Ich freu mich auf dich«, sagt sie, bevor wir auflegen.

Als ich danach in die Küche gehe, entdecke ich den Umschlag. Frankiert und beschriftet, wie er ist, schmeiße ich ihn in eine Kiste mit Erinnerungsstücken.

Wir sind beide befangen, wissen außer ein paar hilflosen Floskeln nicht viel zu sagen. Aber da sind noch ein paar Sachen, die in ihren verbeulten Passat geschleppt werden müssen, und diese gemeinsame Beschäftigung lockert uns auf.

Als wir dann mit konstanten einhundertvierzig über die angenehm freie Autobahn gleiten, fühlt es sich an, als hätte es die vier Wochen Pause nicht gegeben.

Tanja erzählt von Hamburg. Ich höre mit halbgeschlossenen Lidern zu, befummle ihren Oberschenkel und genieße das Zucken meiner Erektion.

Es dauert nicht lange, bis wir *beide* geil sind.

»Fahr da ab«, sage ich und zeige auf die nächste Ausfahrt.

Nach einem oder zwei Kilometern auf einer komplett leeren Landstraße finden wir einen kleinen, hinter dichten Büschen versteckten Parkplatz. Und da ficken wir dann, auf der Motorhaube wie ein x-beliebiges Pärchen auf dem Weg in die Herbstferien. Aber mehr braucht es auch nicht. Es genügt voll und ganz, Tanjas fleischigen Körper zu spüren und den Geruch ihrer Möse wahrzunehmen. Wir sind so aufeinander konzentriert, so miteinander *vereint*, dass es uns fast gleichzeitig kommt.

In den Minuten danach empfinde ich eine ungeheure Zärtlichkeit, ganz so, als hätte diese kurze, in der tödlichen Einöde der Lüneburger Heide erfolgte Manifestation von Zweisamkeit meine Seele mit Seife ausgewaschen.

In Hamburg erwarten mich gleich zwei Überraschungen. Die Wohnung (ein Altbau mit der entsprechenden Deckenhöhe) ist deutlich größer als ich sie mir vorgestellt habe. Außerdem wirken die beiden zusammenhängenden Zimmer, die Tanja gehören, längst nicht so schick wie ihre alte Unterkunft. Das hat sicher mit der Wohnung selbst zu tun, die allerlei sympathische Verschleißerscheinungen aufweist. Aber daneben lässt sich noch etwas anderes ausmachen, etwas, das auf das Ausleben eines neuen oder wenigstens wiederentdeckten Persönlichkeitsanteils hindeutet. Da hängen ein paar Fotos an der Wand, die ich noch nicht kenne und die – im positiven Sinn – durchweg krank aussehen; an der Tür kleben zwei Plakate von Punkkonzerten aus den späten Achtzigern; als Blickschutz zur Straße dient ein einfacher schwarzer Stoffvorhang; und dann ist da noch ein schlichtes Futon, das Tanjas eher biederes Bett ersetzt.

Ein Style, der mich nur so lange erstaunt, bis ich Tanjas Freundin Petra zu Gesicht bekomme. Die taucht unvermittelt neben uns auf, als wir gerade dabei sind, die beiden letzten Kartons hineinzutragen.

»Scheiße, ihr seid schon da«, keucht sie und stellt zwei gutgefüllte Supermarkttüten auf den Boden, um Tanja in die Arme zu nehmen. »Ich war extra noch schnell einkaufen, damit unser *hoher Gast* nicht darben muss.« Sie wendet sich mir zu und mustert mich mit unverhohlenem Interesse.

Ich strecke ihr die Hand hin. Der Druck ihrer Finger ist überraschend fest.

Sie hat die ausgemergelte Statur und das verlebte Gesicht eines Junkies. Ihre restliche Erscheinung allerdings will diesem Eindruck so gar nicht entsprechen. Mit ihren langen, blonden Dreadlocks und ihren durchweg schwarzen nicht unbedingt sauberen und keinesfalls fabrikneuen Klamotten wirkt sie wie die klassische Linksradikale. Auch ihre wachen Augen deuten nicht gerade auf den Konsum harter Drogen hin. Vielleicht hatte sie *früher* damit zu tun.

Dass ich mir vorstelle, wie es mit ihr im Bett sein könnte, liegt zum Teil sicher daran, dass sie die erste *Frau* ist, die mir aus Tanjas Umfeld präsentiert wird.

Gemeinsam gehen wir nach drinnen. Tanja und ich stellen die Kisten ab. Dann folge ich ihr in die Küche, wo Petra schon dabei ist, den Kühlschrank zu füllen.

»Ihr wollt sicher was trinken«, sagt sie und reicht – ohne unsere Antwort abzuwarten – zwei Flaschen *Holsten* nach hinten.

Ich habe seit gestern Abend nichts mehr gegessen und würde lieber *feste* Nahrung zu mir nehmen. Aber als Tanja ihre Flasche öffnet, beschließe ich, mich fürs erste ebenfalls mit Bier zu begnügen. Wir lassen uns an einem rustikalen, für einen Zwei-Personen-Haushalt beinahe schon übertrieben großen Esstisch nieder und stecken uns Zigaretten an.

Als ob sie meine Gedanken gelesen hätte, sagt Petra, nachdem sie sich zu uns gesetzt hat: »Ich würde euch gern was kochen, aber ich muss gleich zum Training.«

Ich will darauf mit irgendeiner Belanglosigkeit antworten, aber Tanja kommt mir zuvor: »Geh du mal schön kämpfen. *Ich* koch uns was.« Sie sieht mich an. »Ich hab 'nen *Mords*hunger. Wie steht's mit dir?«

Als ich nicke, springt sie auf und beginnt – die Kippe in den Mundwinkel geschoben – geschäftig in den Schränken herumzukramen.

»Wie lange bleibst du?«, will Petra wissen. Und wieder liegt dieser prüfende Blick auf mir.

»Keine Ahnung«, sage ich wahrheitsgemäß und sehe hilfesuchend zu Tanja. Aber die ist gerade dabei, Wasser in einen Topf zu füllen, und nimmt mich nicht wahr. »Wahrscheinlich bis morgen.«

»Na, dann wirst du ja von der Stadt nicht viel zu Gesicht bekommen.« In Petras Stimme liegt eine Anzüglichkeit, die so *deutlich* zu spüren ist, dass dahinter nur Absicht stecken kann. Offenbar hat ihr Tanja allerlei von uns beiden erzählt, sie vielleicht mit dem einen oder anderen *Detail* versorgt, und das will sie mich wissen lassen.

Warum sie das tut, kann ich nur vermuten. Möglicherweise möchte sie mir zeigen, dass es jemanden gibt, der Tanja beschützt, der also meine Person genauestens *beobachtet*. Falls der Unterton ihrer Bemerkung allerdings moralische Bedenken zur Schau stellen soll, falls sie auf meine *Scham* spekuliert, muss meine Reaktion sie enttäuschen. Das Wissen, dass sie etwas über mein Sexleben weiß, beschämt mich noch nicht mal *ansatzweise*. Im Gegenteil: Es turnt mich an.

»Ja, davon ist auszugehen. Hamburg wird wohl warten müssen«, sage ich und bemühe mich, nicht minder anzüglich zu klingen.

Es folgt ein intensiver Blickkontakt, eine Machtprobe, die allein mit den Augen ausgetragen wird.

Dann erhebt sie sich plötzlich, murmelt ein *okay, ich muss los* und gibt Tanja einen Kuss auf die Wange. Mehr an Tanja denn an mich gewandt, wünscht sie uns beiden *viel Spaß* und verlässt die Küche.

»Was trainiert sie denn?«, frage ich, als ich kurz darauf die Haustür zuschlagen höre.

»Stockkampf«, sagt Tanja, womit sich mein Vorsatz, mich von ihrer Antwort in keinem Fall beeindrucken zu lassen, in Luft auflöst.

»Wow! Das sieht man ihr nicht an.«

Tanja lacht.

»Sie ist schmächtig, aber sie ist verdammt zäh. *Und* sie hat keinerlei Angst. Du müsstest sie mal erleben, wenn es auf Demos knallt.«

»*Du* gehst auf Demos?«

»Mit Petra schon.«

Fünf Minuten später stehen zwei dampfende Portionen Makkaroni mit Pesto auf dem Tisch.

Während sie mit ihrer Gabel die Soße verrührt, wirft Tanja mir einen vergnügten Blick zu.

»Und? Was unternehmen wir heute Abend?«

Für den Bruchteil einer Sekunde habe ich einen schlappen Scherz der Marke *Keine Ahnung! Ficken?* auf den Lippen, dann schiebt sich Petras bohrender Blick hinter meine Pupillen, und ich sage stattdessen: »Ich habe nicht den Hauch einer Idee. Es ist mindestens zwei Jahre her, dass ich das letzte Mal hier war. Wozu hast *du* denn Lust?«

»Ich würde gern ein bisschen über die Reeperbahn laufen.«

Ich kenne mich in der Stadt nicht sonderlich gut aus, aber die Reeperbahn scheint mir mit Abstand einer ihrer abstoßendsten Plätze zu sein. Zehntausende von Mitbürgern, die sich wie Schlachtkälber das Trottoir hinaufschieben, darunter Massen an Touristen und ungezählte, meist schwer alkoholisierte Vollhonks aus dem Umland; Junggesellenabschiede und Betriebsausflüge; sinnentleerte Schlägereien; Nepplokale und Souvenirbuden – menschliches Elend in Reinkultur. Und über dem Ganzen diese vollständig ausgelutschte Hans-Albers-Romantik. Ich kann mir bei Gott etwas Besseres vorstellen, als die nächsten Stunden ausgerechnet in dieser Jauchegrube zu verbringen, die sich noch nicht mal *Mühe* gibt, die ihr innewohnenden Lügen zu kaschieren. Aber wenn es Tanja Freude bereitet, sich das abgedroschene Programm zu geben, wenn es sie *gut drauf* bringt, will ich mich nicht verweigern.

Als wir nach dem Essen beide ein weiteres Bier trinken, überkommt mich bleierne Müdigkeit. Ich könnte mich glattweg ins Bett fallen lassen, so geschafft bin ich von der gestrigen Sauferei und den (vergleichsweise banalen) Ereignissen des heutigen Tages. Tanja wirkt dagegen beinahe schon überdreht. Sie tigert wie ein batteriebetriebenes Spielzeug durch den Raum, macht hier etwas sauber, räumt dort etwas weg und erzählt mir dabei in einer Tour von ihrem *aufregenden*, neuen Leben – wie spannend alles sei, die Stadt, der Hafen, das *Nightlife*; wie sehr sie sich auf die neue Aufgabe freue und wie angenehm sich das Zusammenleben mit Petra gestalten würde.

Ich habe zwischenzeitlich Mühe, ihr zu folgen, gebe aber mein Bestes, um mir mein Schlafbedürfnis nicht anmerken zu lassen. Und dann brechen wir auf.

Wir nehmen die U-Bahn, ein Verkehrsmittel, das ich wie kein anderes verabscheue. Aber heute bleibe ich von klaustrophobischen Beklemmungen weitestgehend verschont – wahrscheinlich wegen der Müdigkeit.

Auch auf der Reeperbahn ist es weit angenehmer als erwartet. Obwohl wir zur besten Sendezeit unterwegs sind (es wird nicht später als elf sein), hält sich der Andrang in Grenzen. Am Wetter kann das nicht liegen. Es weht zwar ein spürbarer Wind, aber richtig kalt ist es nicht. Ich habe wohl einfach den Unterschied zwischen Wochen*ende* und Wochen*anfang* unterschätzt. Gut möglich, dass mich meine bisherigen Stippvisiten nur freitags oder samstags hierher geführt haben. Der Montag jedenfalls scheint für einen Besuch der überteuerten Meile durchaus geeignet.

Wir holen uns am erstbesten Kiosk zwei neue Bier und schlendern Hand in Hand an den ungezählten Spielhallen, Waffengeschäften und Sexshops vorbei. Und so nach und nach fällt auch die Schläfrigkeit von mir ab.

Als ich im Vorübergehen einen der so genannten Koberer dabei beobachte, wie er zwei fettleibige Mittfünfziger der Sorte *asthmatisch aber notgeil* in eine Peepshow zu locken versucht, erinnere ich mich daran, dass es hier noch Live-Shows gibt, also Bühnen auf denen *real und in Farbe* gefickt wird. Und plötzlich reizt mich der Gedanke, Tanja dazu zu überreden, sich mit mir eine anzuschauen. Das Geld für den Eintritt hätte ich (vor vier oder fünf Tagen haben mir die Gebrüder Zizzi meinen ersten Lohn ausbezahlt), und herauszufinden, wie Tanja darauf abgeht, Fremden beim Sex zuzusehen, wäre sicher nicht der schlechteste Grund, Kohle rauszuhauen. Aber ich stelle es völlig falsch an.

»Lust, irgendwo reinzugehen?«, frage ich dämlicher Weise, anstatt offensiv auf den Punkt zu kommen.

»Ich würde lieber noch ’n Stück laufen«, sagt Tanja dann auch. »Die zweieinhalb Stunden vorhin im Auto reichen mir für heute.«

Ich ärgere mich maßlos über diesen Fehler und bin mit einem Mal geradezu versessen darauf, irgendetwas zu tun, das als verderbt oder wenigstens unanständig gelten könnte. Während ich fieberhaft über eine mögliche Alternative nachdenke, ist es jedoch Tanja, die plötzlich die Richtung vorgibt.

»Gegen ein bisschen Shopping hätte ich allerdings nichts einzuwenden«, sagt sie und zieht mich – ohne meine Reaktion abzuwarten – in den gläsernen Eingang einer *Orion*-Filiale.

Anfänglich halte ich ihre Bemerkung für einen Scherz – sicher hat sie nichts weiter im Sinn, als sich mit mir gemeinsam an den Kuriositäten zu belustigen, die Läden wie dieser naturgemäß zu bieten haben. Innerlich höre ich schon das peinliche Kichern, mit dem sie gleich irgendeine Penis-Pumpe oder die zahllosen Gummi-Mösen kommentieren wird. Aber als wir nach wenigen Metern eine Regalreihe mit Vibratoren und Dildos vor uns haben, zeigt sich, dass ich mich getäuscht habe. Es ist *echtes* Interesse, das sie hierher geführt hat.

»Was hältst du von dem hier?«, fragt sie, nachdem wir das Angebot eine Weile betrachtet haben. Sie zeigt auf ein futuristisches, halbdurchsichtiges Teil, mit dem Klitoris und Vagina gleichzeitig stimuliert werden können.

»Mich musst du nicht fragen«, sage ich, »Mir gefällt jeder einzelne.«

»Das kann ich mir vorstellen.« Sie lacht. Dann sagt sie: »Ernsthaft: Ich möchte gern einen mitnehmen. Ich war letzte Woche schon mal hier.«

Damit überrascht sie mich. Eine derartige Selbstüberwindung hätte ich ihr nicht zugetraut. Gleichzeitig wird mir klar, dass das hier von *vornherein* das Ziel unseres Ausflugs war. Wahrscheinlich hat sie sich an der Idee schon ein paar Tage lang berauscht. *Ich* zumindest hätte das. Mir bleibt dafür die Gewissheit, dass alles, was wir hier kaufen werden, mich nicht weniger aufgeilen wird als Tanja selbst. Für meinen Geschmack könnten sie uns den halben Regalinhalt einpacken. Bis ich mich daran satt gesehen hätte, wie Tanja sich irgendwas in die Möse steckt, würde ein satter Happen Zeit verstreichen.

»Ich fürchte, um herauszufinden, welcher dir den größten Genuss verschafft, wirst du ein paar ausprobieren müssen«, sage ich deshalb. Und so schmierig das auch klingen mag, entbehrt es doch nicht dem einvernehmlichen Unterton, den diese Situation erfordert.

»Ja«, entgegnet Tanja dann auch ganz ernsthaft. »Aber mit welchem fangen wir an?«

»Lass uns einfach *beide* einen aussuchen«, sage ich leichthin und verzichte dabei ganz bewusst auf den Zusatz *dann können wir nachher gleich zwei testen*. Dass genau das geschehen wird, steht durch das von ihr verwendete *wir* ohnehin nicht mehr *unausgesprochen* im Raum.

Sie schmiegt sich für einen Moment an mich, und ich kann gar nicht anders, als ihr mit der Rechten zwischen die Beine zu fassen, während sich meine Linke fordernd unter ihren Pullover schiebt.

»Ich habe Lust, dich zu ficken«, raune ich ihr ins Ohr und störe mich nicht eine Sekunde lang daran, dass in diesem Moment ein Pärchen an uns vorbeiläuft.

»Später, erst wird eingekauft.« Tanja macht sich los und wirft mir einen gewollt koketten Blick zu. Dann geht sie in die Hocke und beginnt erneut das Sortiment zu studieren.

Ich bewege mich ein Stück von ihr weg und finde beinahe sofort, was ich suche: Einen schlichten, klassisch geformten Dildo aus Plastik, dessen weiße Farbe einen hässlichen Stich ins Gelbliche aufweist. Er ist nicht übertrieben groß, aber groß *genug*, um in Verbindung mit seinem sonstigen Erscheinungsbild geradezu *abstoßend* zu wirken.

Ein kurzer Seitenblick verrät mir, dass Tanja nicht so schnell war wie ich, also sehe ich mich weiter um. Und natürlich ist da noch eine Menge mehr an reizvollen Dingen, unter anderem eine unerwartet große Auswahl an Anal-Spielzeug. Ich wähle einen biegsamen Strang, der aus aneinander gereihten Kugeln besteht, die von der Spitze bis zum Schaft kontinuierlich an Umfang zunehmen – das Ganze ist durch ein Kabel mit einem kleinen Trafo verbunden, über den zwei verschiedene Vibrationsfunktionen geregelt werden können.

Natürlich habe ich keine Ahnung, inwieweit das Teil etwas taugt, aber die potentielle Möglichkeit einer *maschinellen* Kontrolle von Tanjas Lustempfinden dominiert jeden anderen Gedanken. Was jetzt noch fehlt, ist ein Taxi, das uns zu ihr nach Hause bringt. Ich trete hinter sie und lege ihr eine Hand auf die Schulter.

»Und?«

»Ich kann mich nicht entscheiden.« Ihre Miene zeigt einen gequälten Ausdruck, der tatsächlich echt zu sein scheint.

»Nimm den, den du mir ganz am Anfang gezeigt hast.«

»Okay.«

Ich überschlage den Gesamtbetrag und komme auf etwas über hundertzwanzig. Das sind eine Menge aus den Karton-Ecken gekratzte Pizzabelege, aber Geld spielt in diesem Moment eine vollkommen untergeordnete Rolle. Für das, was mich erwartet, würde ich auch das Vier- oder Fünffache hinlegen.

»Halt das mal«, sage ich und drücke Tanja die beiden Fabrikerzeugnisse in die Hand, die ihre Körperöffnungen nachher aufgrund *meiner* Wahl füllen werden. Dann hole ich mein Portemonnaie aus der Hosentasche und ziehe drei Fünfziger heraus. Ich möchte, dass *Tanja* bezahlt. Ich weiß, dass sie dieser Moment zusätzlich erregen wird.

Tatsächlich ist ihr Gesicht mit einem Gespinst roter Flecken überzogen, als sie, die obligatorische schwarze Plastiktüte in der Hand, wieder zu mir stößt. Ich kenne sie mittlerweile gut genug, um zu wissen, was in ihr vorgeht. Ihr Schamgefühl ist so *tief* in ihrer Persönlichkeit verankert, dass sie es – egal, was sie tut – nur in ganz seltenen Augenblicken *vollständig* abstreifen kann. Und dieses Wissen (denn natürlich weiß sie um diese Bürde oder spürt sie zumindest) macht sie trotzig, ruft eine geradezu verbissene Lust hervor, sich wenigstens *äußerlich* über die inneren Schranken hinwegzusetzen. In dieser Beziehung gleicht sie einem Feigling, der aus der steten Sorge heraus, bloß nicht feige *genannt* zu werden, wieder und wieder gefahrvolle Situationen heraufbeschwört. Keine Ahnung, was Letzterer dabei empfindet. Tanja wenigstens kann aus den widerstreitenden Kräften ihres Selbst folgenden Vorteil ziehen: Je stärker der Zwiespalt zutage tritt, desto geiler wird sie. Ihre vermeintliche Unnahbarkeit, diese Hanseatenschleifen-Mentalität, die sie, gerade während unserer ersten Begegnungen, an den Tag gelegt hat, ist nichts weiter als der hilflose Versuch, den eigenen Abgründen zu entkommen.

Ich betrachte sie und stelle mir vor, dass sie, während sie sich an der Kasse gedemütigt hat, an meinen oder irgendeinen anderen Schwanz hat denken müssen. Und dieses Bild bringt mich dazu, meine Pläne zu ändern. Bevor wir zu ihr fahren, werde ich sie ein paar Minuten lang ficken, gleich hier in dieser ranzigen Zwei-Groschen-Kulisse. Der Ort muss dabei so gewählt sein, dass allein schon der dortige Aufenthalt als Hürde verstanden werden kann. Und ich weiß auch schon, welcher Ort das sein wird: Ein Sexshop mit angeschlossenem Kabinenkino – deutlich kleiner, als der, den wir gerade besucht haben, vor allem aber: deutlich *heruntergekommener*. Er ist mir bereits während des Hinwegs auf der gegenüberliegenden Straßenseite aufgefallen.

»Lass uns drüben zurückgeh'n«, sage ich und zeige auf eine nahe gelegene Ampel.

Tanja hat nichts dagegen.

Es dauert keine drei Minuten bis der Laden schräg vor uns auftaucht. Als wir ihn passieren, tue ich so, als ob ich ihn gerade erst bemerkt hätte.

»Ich möchte *da* noch kurz rein«, sage ich und steuere, ohne Tanja dabei loszulassen, auf die Tür zu.

Falls das ihren Widerspruchsgeist weckt, lässt sie sich zumindest nichts anmerken.

Die Klitsche sieht von innen mindestens so übel aus wie von außen. Hier gibt es keine auf Hochglanz polierten Edelstahlelemente, hier gibt es Wühlkisten und Billigware aus Fernost. Hinter der Kasse thront ein schmerbäuchiger Bartträger mittleren Alters, der rein optisch keinerlei Probleme hätte, die Hauptrolle in einer Dokumentation über Sextourismus in Thailand auszufüllen.

Tanja immer noch im Schlepp, trete ich auf ihn zu und mache mit dem Kopf eine Bewegung in Richtung des schwarzen Vorhangs, der den Verkaufsraum von den restlichen Attraktionen des Etablissements trennt.

»Zweimal bitte.«

»Zehn«, antwortet der Schmerbäuchige gelangweilt und lässt sich, nachdem ich ihm einen Zwanziger zugeschoben habe, aufreizend viel Zeit mit dem Wechselgeld.

Tanja verhält sich während dieser Transaktion nicht anders, als wenn wir an einer beliebigen Kino-Kasse anständen. Sie sagt nichts und lässt auch durch ihre Körpersprache nicht erkennen, dass sie an dem, was passiert, etwas Ungewöhnliches finden würde. Aber die Röte in ihrem Gesicht ist noch da. Und das genügt.

Hinter dem Vorhang erwartet uns eine Treppe, die auf eine Stahltür zuführt. Nachdem ich sie geöffnet habe, blicken wir in einen schwach beleuchteten Korridor. Wir geben unseren Augen einen kurzen Moment, um sich an das Halbdunkel zu gewöhnen, dann treten wir ein und werden nach ein paar Metern von einem Labyrinth aus zahllosen Kammern und Kämmerchen empfangen. Jeder dieser Räume besitzt eine oder mehrere Öffnungen, durch die von außen hineingesehen werden kann; manche haben Türen, andere sind durch einen einfachen Durchlass zu betreten; in allen laufen Pornofilme, zum Teil homo- oder bisexuellen Inhalts. Menschen sind fast keine zu sehen.

Während wir Hand in Hand durch die Gänge wandern, kommen uns nacheinander zwei Männer entgegen, die auf unsere Gegenwart allerdings weder mit Worten noch mit Blicken reagieren. Vielmehr erwecken sie den Eindruck, als würden sie möglichst unbemerkt an uns vorbeischlüpfen wollen.

Die abgewetzten Sessel und Sofas in den Kabinen sind durchgängig leer.

Ich ziehe Tanja in eine etwas größere hinein und stoße die Tür hinter uns zu. Dass sie sich nicht abschließen lässt, habe ich erwartet. Ich hätte zwar lieber einen sicheren Raum, vor allem einen, der uns vor Einblicken schützt, denn natürlich verfügt auch dieser hier über die entsprechenden Auslassungen im Mauerwerk. Aber bei dem minimalen Betrieb da draußen sollte das kein Problem darstellen. Ich habe nicht vor, hier *Ewigkeiten* zuzubringen. Ich will Tanja ein bisschen aufgeilen, bevor wir zu ihr nach Hause fahren – mehr nicht. Der Ort spricht sie auf jeden Fall an, das verrät mir schon die Art, wie sie mich küsst. Es wird nicht viel brauchen, sie hier zum Ficken zu überreden. Das Verkommene, das diese Bedürfnisanstalt ausstrahlt, erledigt den größten Teil von selbst.

Ich gebe ihr einen leichten Schubs, der sie auf das hinter ihr stehende Sofa fallen lässt. Dann bin ich zwischen ihren Beinen, zerre ihr Jeans und Slip so weit hinunter, bis beides nur noch an ihrem linken Knöchel hängt, und beginne sie zu lecken.

Tanjas Stöhnen hilft mir dabei, die Umgebung vollständig auszublenden, aber nachdem ich mich für ein oder zwei Minuten auf nichts anderes als auf ihre Fotze konzentriert habe, zwingt mich etwas – vielleicht ein kaum wahrnehmbares Geräusch oder eine minimale Veränderung der Lichtverhältnisse – innezuhalten.

Ich blicke auf und sehe über mir ein Gesicht, das uns aufmerksam beobachtet. Und dieses Gesicht ist so dermaßen ungestalt, dass ich im ersten Moment glaube, einer optischen Täuschung zu unterliegen. Nur: Das im Vergleich zum pygmäenartigen Schädel geradezu lachhaft überdimensionierte Kassengestell und der dünne, ausgefranste Oberlippenbart sind *real*. Genauso wie der Kretin, dem diese Fratze gehört. Da steht also jemand auf der anderen Seite der Wand, glotzt uns mit einer Schamlosigkeit an, die mir die Fassung raubt, und ist wahrscheinlich gerade dabei, sich einen runterzuholen.

Ich habe nicht den Hauch einer Idee, wie ich mit dieser Situation umgehen soll, und blicke zu Tanja. Auch sie hat den Typen längst bemerkt. Aber da ist kein Erschrecken in ihren Augen, da ist kein Zusammenzucken ihres Körpers, kein *Flucht*-Reflex. Vielmehr stöhnt sie leise weiter und rutscht mit ihrem Arsch derart fordernd auf dem Leder herum, dass nur ein *einziger* Schluss möglich ist, nämlich der, dass sie weitergeleckt oder am besten gleich gevögelt werden möchte.

Letzteres kann ich vergessen. In Gegenwart dieser unterbelichteten Fresse werde ich keinen Steifen bekommen. Ich bringe es aber auch nicht fertig, den Typen wegzuschicken; nicht zuletzt wegen Tanja, die das hier tatsächlich zu *genießen* scheint. Also lasse ich Zunge und Lippen weiter ihr Werk verrichten. Dabei muss ich unweigerlich an den Beginn unseres Ausflugs denken und daran, dass es jetzt (auch wenn mir zum Bühnenhengst offensichtlich noch allerlei fehlt) *wir* sind, die die Live-Show abliefern. Und weil dem so ist und weil ich davon ausgehe, dass es auch Tanja gefallen wird, wenn unser Zuschauer einen guten Blick auf ihre rasierte Pussy bekommt, gehe ich irgendwann dazu über, es ihr mit der Hand zu machen. Obwohl ich den Spanner – im Gegensatz zu Tanja – dabei komplett ignoriere, gelingt es mir nicht, mein Unwohlsein auch nur für eine Sekunde abzuschütteln. Und als ich endlich das Gefühl habe, ausreichend lange durchgehalten zu haben, kann es mir nicht schnell genug gehen, seiner Gegenwart zu entkommen. Es war ja ohnehin nicht meine Absicht, Tanja bereits hier einen Abgang zu verschaffen. Dankenswerterweise besteht sie auch gar nicht darauf. Sie wirkt wie in Trance, nimmt den abrupten Abbruch mit glasigen Augen hin.

»Zieh dich an und lass uns abhauen«, sage ich und helfe ihr, so gut es geht, mit den Klamotten. Als ich gegen meinen Willen einen letzten Blick auf die Sichtluke werfe, ist das bebrillte Gesicht verschwunden.

Auf dem Weg zum Ausgang passieren wir ein Schwulenpärchen, das sich für seinen Quickie den Korridor gewählt hat. Dann sind wir auf der Treppe und dann endlich draußen.

Tanja ist total von der Rolle.

»Oh, verdammt, diesen Blick werd' ich *nie* vergessen. Hast du gesehen, wie dieser schleimige Typ mich angestiert hat?«, sprudelt es aus ihr heraus.

Ich murmle irgendwas. Aber sie hört mich gar nicht.

»Gott, war das *krass.* Diese eindringlichen Augen ... und so ganz ohne Scheu. Als wäre es ganz normal, anderen beim Sex zuzugucken. Als hätte er *Kohle* dafür abgedrückt.«

Auf der Rückbank des Taxis habe ich keinerlei Schwierigkeiten, ihr noch einmal die Jeans zu öffnen und eine Hand in den Slip zu zwängen. Davon bekommt der Fahrer zwar nicht allzuviel mit, aber der intensive Geruch von Tanjas Möse, diese olfaktorische Einladung zum Sex, bleibt ihm natürlich nicht verborgen. Mehr als einmal begegnen sich unsere Blicke im Rückspiegel.

Ob Tanja darauf einginge, wenn ich ihm vorschlagen würde, auf irgendeinen dunklen Parkplatz zu fahren und sie dort für einen kleinen Schein zu ficken? In ihrer momentanen Stimmung traue ich ihr das zu. Ich könnte sie fragen, aber ich möchte die Magie dieses Abends nicht durch eine unvorsichtige Bemerkung zerstören. Außerdem will ich sie endlich für mich haben.

Bei ihr zu Hause verschwenden wir keinerlei Zeit. Nachdem sich ihre Zimmertür hinter uns geschlossen hat, ziehen wir uns gegenseitig aus, wobei mir Tanja kurz den Schwanz wichst. Dann kniet sie sich aufs Bett und präsentiert mir ihr Hinterteil. Bevor ich in sie eindringe, leere ich die Tüte mit den Einkäufen neben ihr aus. Und noch während ich sie ficke, beginne ich das Zeug aus der Verpackung zu pellen. Tanja hat ein Stadium der Geilheit erreicht, das mir das Gefühl vermittelt, *alles* mit ihr machen zu können, und das möchte ich ausnutzen. Den Schwanz nach wie vor in ihrer Möse, schiebe ich ihr, nachdem ich etwas Speichel habe drauftropfen lassen, die aneinandergereihten Kugeln in den Arsch und teste die Regler des Trafos aus. Dann probieren wir die restlichen Sachen. Mal lasse ich sie den Vibrator benutzen, während ich ihr den Dildo einführe, mal sind es der Vibrator und mein Schwanz, die sie penetrieren, dann kommen, während sie mir einen bläst, wieder die Kugeln zum Einsatz. Wir werden nicht müde, alle nur erdenklichen Variationen durchzuexerzieren.

Immer dann, wenn ich den Eindruck gewinne, dass Tanja nicht mehr allzu weit von einem Orgasmus entfernt ist, sorge ich für kurze Pausen, denn ich will, dass es lange dauert. Ich genieße meine Erektion, genieße die Tatsache, dass wir hier in ihrer *Privat*-Sphäre einzig den Blicken des Anderen ausgesetzt sind. Natürlich kommt Tanja nicht daran vorbei, den Freak von vorhin zu erwähnen. Und die Häufigkeit mit der sie das tut, hat schon fast etwas Zwanghaftes. Aber jetzt, im *Nachhinein*, stört mich das nicht mehr. Wenn es sie anmacht, kann sie das Erlebte so häufig wiederkäuen, wie sie will. Wichtig ist dabei nur, dass sie das Ereignis mit meiner Person verbindet.

»Ich war vorhin kurz davor, dem Taxifahrer einen Fick mit dir anzubieten«, sage ich, als das Spielzeug seinen Reiz fürs erste verloren hat, und klar ist, dass die Nummer, die wir gerade schieben, die letzte für heute sein wird. »Vielleicht mach' ich das beim nächsten Mal wirklich. Würde dir das gefallen?«

Tanja kann nicht mehr antworten. Sie keucht nur noch und gibt dazwischen kurze, kehlige Laute von sich. Und dann schreit sie jäh auf, und nach ein paar weiteren Stößen, erlaube ich auch mir selbst, endlich abzuspritzen.

Kurz darauf höre ich Petra über den Flur gehen.

XV

Wieder vergehen drei Wochen, ohne dass Tanja sich meldet. Ich fahre Pizza aus, arbeite ein bisschen an meinem Buch und treffe mich mit Freunden zum Kartenspielen. In meinen Gedanken taucht sie nur selten auf, aber sobald ich geil werde, ist sie die Einzige, an die ich denken kann. Ich entwickle komplexe Handlungsabläufe, lasse in meiner Phantasie immer neue, immer gewagtere Szenarios für uns beide entstehen und schrubbe mir dazu in steter Regelmäßigkeit einen ab. Innerlich verfluche ich den Umstand, dass sie sich mir entzogen hat, dass sie nicht mehr *greifbar* ist, aber sobald ich gekommen bin, vergeht dieses Gefühl. Ich rufe mir ihre Marotten ins Gedächtnis: ihr Schmollmündchen, wenn sie meint, einen Machtkampf ausfechten zu müssen; ihre zögerliche Art; ihre Impertinenz – das hilft. Zumindest für eine Weile.

Dass ich ihr nicht *auf Dauer* entkommen kann, dass da stets eine Leerstelle lauert, die nur Tanja zu füllen vermag, ist eine Erkenntnis, die ich anfänglich nur zögerlich zulasse. Als ich dann aber aufhöre, mich dagegen zu wehren, kann es mit der Kontaktaufnahme nicht schnell genug gehen. Und wieder ist es ein Brief, der diesen Zweck zu erfüllen hat.

Du wirst beschäftigt sein. Sicherlich richtest Du all Dein Denken und Handeln darauf, Dir Dein neues Leben einzurichten. Aber wenn Du tief in Dich hineinhorchst, wirst Du feststellen, dass Du mich vermisst, dass Du meinen Schwanz *vermisst. Gib mir ein Datum, dann werde ich nach Hamburg fahren und mir dort ein Hotelzimmer nehmen. Zu einer festgelegten Uhrzeit wird der entsprechende Schlüssel für Dich an der*

Rezeption hinterlegt sein. Nachdem Du das Zimmer betreten hast, in dem ich zu diesem Zeitpunkt im Übrigen nicht *zugegen sein werde, wirst Du auf dem Bett ein paar Kleidungsstücke vorfinden. Diese Sachen, die Dich – das sei Dir jetzt schon verraten – wie eine Hure werden aussehen lassen, tauschst Du gegen Deine eigenen. Dann begibst Du Dich in den Aufzug, mit dem Du ziellos auf- und abzufahren beginnst, ohne die Kabine dabei auch nur ein einziges Mal zu verlassen. Die Blicke zusteigender Gäste wirst Du ebenso duldsam ertragen wie die Ungewissheit, die Dauer der Prüfung betreffend. Ich selbst werde mir das Vergnügen gönnen, hin und wieder für längere Augenblicke mitzufahren. Müßig zu erwähnen, dass Du währenddessen mit keinem Wort, mit keiner Geste unsere Bekanntschaft preisgeben wirst. Auf mein Zeichen hin begibst Du Dich schließlich zurück in mein Zimmer, wo Du dann dergestalt auf mich warten wirst, dass es mir nach meinem Eintreffen keinerlei Mühe bereiten wird, Dir umgehend meinen Schwanz in die Fotze zu schieben.*

Natürlich habe ich keinerlei Absicht, diesen Entwurf, den ich übrigens von A bis Z einem in Buchform erschienenen Erfahrungsbericht aus der SM-Szene entnommen habe, in die Tat umzusetzen. Weder habe ich genug Kohle für ein Hotel mit ausreichendem Publikumsverkehr, noch kenne ich Tanjas genaue Kleidergröße. Das kurze Storyboard verfolgt einzig und allein den Zweck, Tanja aus der Reserve zu locken. So großkotzig und dreist wie es formuliert ist, wird sie einfach reagieren *müssen*. Zusätzlich berechtigt es – gerade nach dem, was in der oberen Etage des Sexshops geschehen ist – zu der Hoffnung, dass sie bei allem verständlichen Widerwillen wenigstens einen *Funken* Verlangen entwickelt, und sei es nur in aller Heimlichkeit. Und falls nicht, falls sie also nicht antworten wird, ist das hier wenigstens ein letzter Gruß mit *Seltenheitswert*.

Drei Tage später ruft sie an.

»Ich fahre am Wochenende zu meinen Eltern. Wir können uns seh'n, wenn du willst. Ich müsste allerdings bei dir übernachten.«

»Hey, klar, kein Problem. Ich freue mich«, sage ich und verabrede mich mit ihr für den Samstagabend.

Weder sie noch ich erwähnen den Brief mit einer Silbe.

Ungeduld und Erregung sind bereits Freitagnacht so groß, dass ich mich nur mit Mühe davon abhalten kann, es mir selber zu machen. Aber ich will unter allen Umständen vermeiden, jetzt schon zu kommen, ich will meine Geilheit konservieren, bis Tanja vor mir steht. Und so spiele ich endlos an mir herum, ohne auch nur in die Nähe eines Höhepunkts zu geraten, während mein fieberndes Gehirn einen Wunschtraum nach dem anderen auftürmt.

Als Tanja dann bei mir aufläuft, will sich die erwartete Festtagsstimmung jedoch nicht so recht einstellen. Tanja wirkt abweisend, fast feindselig, benimmt sich, als hätte es all die Intimitäten zwischen uns nie gegeben. Zur Begrüßung bekomme ich nicht mehr als eine hölzerne Umarmung. Danach weiß sie nicht mehr wohin mit sich. Sie läuft durch die Wohnung, als ob sie mich zum ersten Mal besuchen würde, mustert Einrichtungsgegenstände und Wandschmuck wie ein potentieller Zwischenmieter. An Sex ist unter diesen Umständen noch nicht mal zu denken. Also hole ich den Wein aus dem Kühlschrank und bitte sie ganz züchtig, am Küchentisch Platz zu nehmen. Vielleicht braucht sie einfach eine Weile, um aufzutauen. Immerhin ist sie seit gestern bei ihren Eltern einquartiert, also möglicherweise noch in der Rolle der sittsamen Tochter gefangen.

Nach den ersten zwei Gläsern läuft es dann auch.

Ihre anfängliche Mundfaulheit weicht dem gewohnten Mitteilungsbedürfnis. Der neue Job kommt zur Sprache, die *aufregenden Perspektiven*, dieses *gänzlich andere Lebensgefühl*. Ich genieße ihren Redefluss, genieße die offenkundige Tatsache, dass sie sich zu entspannen beginnt, und lächle sogar dann noch bejahend, als sie mir irgendwann von Winfred und seiner *beeindruckend andersartigen* Sicht auf die Welt vorschwärmt.

Als die Sprache auf Petra kommt, sehe ich eine gute Möglichkeit, den Smalltalk langsam ausklingen zu lassen.

»Hat die eigentlich 'nen Freund, deine Mitbewohnerin? Oder 'ne Freundin?«

»Nee, im Moment nicht ... Wieso? Interessiert sie dich?« Tanja sieht mich verschmitzt an. Offenbar kann sie sich eine derartige Möglichkeit noch nicht mal *ansatzweise* vorstellen.

»Nicht in der Form, die du meinst ...«

Ihr überlegenes Lächeln weicht zweifelnder Neugier.

»*Sondern*?«

»Na ja, sie ist deine Freundin, ihr wohnt zusammen ... Ich habe darüber nachgedacht, inwieweit es geil sein könnte, sie in eins unserer Spielchen einzubinden.«

Als Tanja nicht antwortet, beeile ich mich ein *natürlich nur, wenn du Bock hast* nachzuschieben. Da ich auch damit ihr Schweigen nicht brechen kann, fühle ich mich gedrängt weiterzusprechen: »Hast du's überhaupt schon mal mit 'ner Frau versucht?«

Diesmal reagiert sie. Allerdings anders als erwartet. Ihre Augen verengen sich, ihr Gesicht verliert jeden Liebreiz, ihr Mund verformt sich zu einem rissigen Krater. Und dann brüllt sie los. Sie explodiert förmlich.

»Nein, hab ich nicht. Und ich hab's auch nicht vor. Genauso wenig, wie ich vorhabe, mich von einem dahergelaufenen Taxifahrer ficken zu lassen oder mich vor irgendwelchen

Geschäftsleuten zur Schau zu stellen. Ich bin nicht deine Nutte, hörst du!«

Ich meine, echten Hass in ihren Augen zu erkennen. Aber ich weiche ihrem Blick nicht aus. *Das* also ist der Grund für ihre Unzugänglichkeit.

Noch während ich das vollständige Ausmaß ihrer Verletztheit zu erfassen versuche, greife ich nach ihrer Hand. Und zu meinem großen Erstaunen lässt sie es zu.

»Hey, es tut mir leid. Es tut mir leid, dass ich da offenbar ... Ich wollte dir nicht ... Ich dachte es *macht dich an*.«

»Manchmal. *Manchmal* tut es das sogar«, sagt sie.

Und dann sagen wir lange Zeit nichts mehr.

Als wir später dann doch noch miteinander ins Bett gehen, werde ich das Gefühl nicht los, an einer halbgaren Pflichtübung teilzunehmen. Und Tanja scheint es genauso zu gehen. Da ist nichts Echtes mehr zwischen uns, nichts, das auch nur einen Ansatz von Sinnlichkeit ausstrahlen würde.

Nachdem wir eine Weile stumpf und schweigend wie zwei volltrunkene Teenager herumgerammelt haben, ohne dass einer von uns beiden gekommen wäre, lassen wir es schließlich. Wir rauchen noch eine, dann können wir endlich so tun als würden wir schlafen.

Obwohl ich das ein paar Stunden zuvor nicht für möglich gehalten hätte, ist die Nummer am nächsten Morgen noch eine Stufe bedrückender. Zwar haben Tanja und ich diesmal unseren Abgang, aber der Weg dahin ist reine Mechanik, nichts anderes als die klinische Befriedigung eines lästigen Triebs. Dazu kommt die unbarmherzige Helligkeit des Tageslichts.

»Du riechst irgendwie komisch. Du riechst anders als sonst«, sagt Tanja, nachdem ich mich von ihr heruntergerollt habe.

»Wie denn?«, frage ich.

»Ich weiß nicht … nach Essen. Nach Kantinenessen«, entgegnet sie, und dabei liegt kein Lächeln auf ihrem Gesicht.

Dann zieht sie sich an und gibt mir einen flüchtigen Kuss.

XVI

Ernüchterung gepaart mit dem bedrückenden Wissen, diesmal zur Tatenlosigkeit verdammt zu sein. Weitere Briefe kann ich mir sparen, auch wenn ich im Kopf gleich bündelweise Seiten fülle. Also nehme ich mein altes Leben wieder auf, wobei es dafür nicht mehr braucht als eine minimale Umjustierung des Bewusstseins. Ich streife durch die Clubs und sehe zu, dass der Kleister im Hirn schön flockig bleibt.

Mit Mädchen ergibt sich dabei nichts. Wie auch?! Ich bin noch nicht mal *halbherzig* engagiert. Bis ich Hanka treffe.

Wir kennen uns lose aus dem Nachtleben, haben uns aber mindestens ein Jahr nicht gesehen. In diesem Zeitraum hat sie sich sichtbar verändert. War sie früher eher unscheinbar bis unvorteilhaft gekleidet, strahlt sie mit ihrer grünen Bomberjacke und den fast kniehohen Schnürstiefeln plötzlich eine martialische Erotik aus, die ich ihr nicht zugetraut hätte. Sie sieht aus, als würde sie eine Straßengang anführen. Der extrem kurze Pony, den sie ihren langen, blonden Haaren verordnet hat, und der überdimensionierte, silberne Ring, den sie im linken Ohr trägt, unterstützen dieses Bild.

Sie lehnt allein an einem der Stehtische und schenkt der mittelmäßigen Rockabilly-Band, die sich auf der anderen Seite des Raums produziert, so gut wie keine Beachtung, also gehe ich zu ihr. Und dann reden wir eine Weile, und ich bemerke zum ersten Mal, dass ihre Augen grün sind.

Ob sie einen Freund hat, kann ich nicht herausfinden. Es existiert wohl irgendein Typ, der sich in ihrem Leben herumdrückt, seinen *genauen* Status verrät sie mir nicht. Dafür erfahre ich, dass es mit dem Spacken *nicht besonders gut läuft.*

Wenn ich meinen inneren Sensoren glauben darf, läuft es sogar richtiggehend *beschissen*.

Wir verabreden uns für den nächsten Abend zu einem anderen Konzert in einem anderen Laden. Drei Tage später lädt sich mich zum Essen in ihre Wohnung ein. Und bald treffen wir uns regelmäßig.

Ich bin verrückt danach sie anzusehen, ich giere nach ihrer Nähe, feiere jedes Lächeln, das ich ihr auf die Lippen zaubere. Und als wir uns zum ersten Mal küssen, kommt es mir vor, als sei kein Wunsch mehr offen.

Wir liegen auf Hankas Bett, über uns das geräuschlose Flimmern des Fernsehers, im Aschenbecher ihre qualmende Selbstgedrehte. Ihre Lippen und ihre *Haut* – das ist alles, wonach ich mich in den letzten zwei Wochen gesehnt habe. Ich vertiefe mich in die Struktur ihres Rückens wie ein Säufer in die Neige der letzten Flasche. Dann kommt der Punkt, an dem ich sie ausziehen, sie *fordernder* streicheln, sie *überall* berühren müsste. Aber ich kann nicht. Ich weiß, dass es nicht funktionieren würde. Ich weiß das, seitdem ich zum ersten Mal vergeblich versucht habe, mit ihrem Bild im Kopf zu wichsen. Ihre natürliche, zum Teil burschikose Art widerspricht allem, was meine Sexualität ausmacht. Da ist nichts Verkorkstes an ihr, nichts, in dem ein Widerhaken Halt finden würde. Allein die Tatsache, dass sie sich – entgegen des vorherrschenden Dogmas – weigert, den kaum sichtbaren blonden Flaum von ihren Unterschenkeln zu entfernten, zeigt wie *gesund* sie ist. Trotzdem habe ich alles daran gesetzt, diesen Moment herbeizuführen – unterbewusst natürlich die verquere Hoffnung im Schlepp, dass sich im entscheidenden Augenblick schon irgendwas ergeben werde. Aber die göttliche Eingebung bleibt aus. Stattdessen regieren Verlegenheit und Panik. In meinem Kopf ist nichts als Rauschen. Ich müsste … müsste mindestens … aber ich weiß nicht, wie das gehen soll.

Um der Situation wenigstens fürs erste zu entkommen, verdrücke ich mich unter dem Vorwand pissen zu müssen ins Badezimmer. Danach fällt mir nichts Besseres ein, als mir eine Zigarette anzuzünden und ein dümmliches Gespräch über Nebensächlichkeiten zu beginnen. Immerhin gelingt es mir so, jede weitere Berührung zu vermeiden, bis Hanka müde wird und ich endlich verschwinden kann.

So geht das ein paar Mal. Und obwohl sich die beschämende Tatsache immer weniger leugnen lässt, dass Hanka bereits damit begonnen hat, nicht nur an mir, sondern auch an *sich selbst* zu zweifeln, obwohl es irgendwann also *mehr* als peinlich wird, kann ich nicht aufhören, sie zu treffen. Zum Thema unserer Gespräche wird dieser quälende Irrsinn übrigens nie. Auch nicht, nachdem wir zum ersten Mal eine komplette Nacht zusammen verbracht haben und dabei wieder nicht über ein bisschen Knutschen und Vorstufen-Petting hinausgekommen sind.

Meine Defizite kompensiere ich vor dem Internet. Bis zu einer Stunde vergeht an manchen Tagen mit dem Besuch von Gratispornoseiten. Und dabei gebe ich mir nahezu alles, was das Medium an Erlaubtem zu bieten hat. Ich betrachte Mösen und Ärsche, in denen monströse Dildos stecken; Frauen, deren Schamlippen nach dem Einsatz von Vakuumpumpen eine geradezu groteske Größe aufweisen; pissende Schwänze und pissende Mösen; bildschöne Transen, die sich in den Arsch ficken lassen, während sie gleichzeitig an ihren verkümmerten Pimmeln herumspielen; Dreier; Vierer; Gangbang- und Bukkake-Sessions … – wichtig ist nur, dass die Dosis kurz vorm Abspritzen noch einmal gesteigert wird, ich also Bilder finde, denen mein übersättigtes Gehirn wenigstens einen *minimalen* Seltenheitswert beimisst.

Wenn ich nach diesen Exzessen wieder mit Hanka zusammentreffe, wird mir das Dilemma, in dem wir stecken, nur noch deutlicher bewusst. Trotzdem bringe ich nicht die Kraft auf, eine Lösung herbeizuführen. Mir bleibt nichts anderes, als darauf zu warten, dass Hanka irgendwann einen Schlussstrich zieht.

Und dann öffne ich eines Abends meinen E-Mail-Account und habe eine Nachricht von Tanja im Postfach. Ein einziger Satz, kein Gruß, keine Anrede: »Ich hätte Lust, Dich zu sehen.« *Hätte* statt *habe* – sie ist ihrem Stil treu geblieben.

Ich schreibe umgehend zurück.

»Wann?«

Ihre Antwort erreicht mich eine halbe Stunde später.

»Wie wäre es mit Freitag?«

Ich suche mir im Netz eine Zugverbindung raus und gebe ihr meine Ankunftszeit durch. Freitag, kurz nach halb drei. Noch neununddreißig Stunden.

Am nächsten Vormittag rufe ich beim Bringdienst an und lasse mich wegen einer *schweren Gastritis* bis auf weiteres beurlauben. Über meine Reisepläne informiere ich niemanden.

Am Donnerstagabend dann eine letzte Mail von Tanja: »Okay, ich hol dich vom Bahnhof ab.«

Sie steht tatsächlich am Gleis, eingepackt in eine dicke Daunenjacke.

Ich hatte während der Zugfahrt ausreichend Zeit, meine Erwartungshaltung herunterzuschrauben, und bin ehrlich überrascht, als ich in ihrem Gesicht nichts als Wiedersehensfreude entdecke.

Wir umarmen uns, länger als sonst. Dann sagt sie: »Komm, wir fahren an die Elbe.«

Ich bin fest davon ausgegangen, dass wir ohne Umschweife ihre Wohnung aufsuchen würden. Aber während sie ihre Rostlaube aus dem dichten Verkehr der City heraussteuert, stelle ich fest, dass ich mich aufrichtig darauf freue, die Weite des Flusses zu sehen.

Wir laufen einen durch loses Buschwerk getretenen Pfad entlang, der so schmal ist, dass wir hintereinander gehen müssen. Aber als wir das erste offene Stück Strand erreichen, bin ich neben ihr, und mit einem Mal erscheint es ganz selbstverständlich, ihr den Arm um die Schultern zu legen. Der Himmel ist grau und leer wie das Gesicht eines Sterbepatienten, aber die Kälte ist klar, die Luft unbewegt. Und so dauert es eine gute Stunde, bis wir die Lust verlieren und umkehren.

Auf dem Rückweg treibt es uns in ein Fischrestaurant. Wenige Gäste, meist Rentner; die Einrichtung aus einer Zeit, in der Besuche bei Tanten und Onkeln noch mit einer Tafel *Sarotti*-Schokolade entlohnt wurden; Blick aufs Wasser.

»Ich habe einen Typen kennen gelernt«, sagt Tanja, während wir auf unsere Bestellung warten.

Ihr ruhiger Blick und die Art, wie sie spricht, verraten mir, dass das Gesagte nichts mit uns zu tun hat. Zumindest *noch* nicht. Warum hätte sie mich sonst auch kommen lassen sollen?! Ich werte diese Information vielmehr als Ausdruck unserer Vertraulichkeit. Und so habe ich, als ich die folgende Frage formuliere, keinerlei Schwierigkeiten meine Stimme gänzlich unaufgeregt klingen zu lassen. Die Antwort steht ohnehin schon fest.

»Und was sagt dieser *Typ* dazu, dass ich bei dir übernachte?«

»Gar nichts. Er weiß nichts davon.«

Tanja sieht aus, als ob sie zu diesem Thema auf eine weitere Frage wartet, aber ich habe keine Fragen mehr. Mir genügt das Wissen, dass sie ihrer neuen Bekanntschaft meinen Besuch verschwiegen hat.

Später bei ihr ist die Stimmung gelöst. Sie hat ihren Alkoholvorrat extra um eine Kiste Bier aufgestockt. Und wir trinken Einiges. Ich habe zwei Gramm Koks dabei und verdrücke mich irgendwann aufs Klo, um eine kleine Prise wegzuziehen.

Als es Zeit wird nachzulegen, will ich erst wieder aufstehen, entscheide mich dann aber kurzfristig, mein Bedürfnis hier in Tanjas Zimmer zu befriedigen – schließlich *weiß* Tanja, dass ich hin und wieder Drogen nehme.

Ich hacke die Kristalle also auf ihrem Couchtisch, und während sie mir zusieht, fragt sie mich, ob das Kokain sei, was ich da zerkleinern würde.

»Mhhm«, murmle ich, ganz auf meine Tätigkeit konzentriert.

Und dann sagt sie: »Gib mir auch was davon!«

Ich blicke überrascht auf. Soweit ich das bisher mitbekommen habe, kifft sie noch nicht mal.

»Bist du sicher?«

Als sie nickt, lege ich zwei Spuren für uns beide aus.

Mir ist schon kurz nach unserem Eintreffen ein Foto aufgefallen, das ganz für sich allein einen Platz auf der ansonsten weißen Fläche über dem Kopfende ihres Futons einnimmt. Es zeigt einen Schwarzen mit Rasta-Frisur und Rauschebart. Ich schätze ihn auf Anfang Fünfzig. Jetzt, nachdem mir Tanja den zusammengerollten Schein zurückgegeben hat, kann ich meine Neugier nicht länger im Zaum halten.

»Ist er das?« Ich zeige in Richtung des Bildes.

»Ja«, sagt Tanja, »er ist gerade auf Tour.«

»Musiker?«

»Genau.«

Keiner von uns beiden hat bisher auch nur den Ansatz eines Versuchs unternommen, den Abend in eine sexuelle Richtung zu lenken. Daran ändert sich auch in den nächsten Stunden nichts. Dass wir früher oder später miteinander vögeln werden, steht so glasklar fest, dass wir uns diese entspannte Vorfreude einfach *leisten* können. Wir rücken den Flaschen und dem Pulver zu Leibe, lassen unseren Worten freien Lauf, räkeln uns in der Existenz des Anderen.

Selbst als es dann schließlich soweit ist, kommt keinerlei Hektik auf.

Wir liegen vollständig entkleidet auf ihrem Bett und küssen uns. Ich bin bereits in sie eingedrungen, bewege meinen Schwanz aber kaum. Kokain und Bier vermitteln mir das Gefühl, *ewig* so verharren zu können, ohne dass meine Erektion je nachlassen würde.

Als sich unsere Zungen voneinander lösen, nutzt Tanja den Moment, um etwas zu sagen.

»Ich habe darüber nachgedacht.«

»Worüber?«

»Über Frauen.«

»Über *Frauen*?« Ich verstehe nicht gleich, was sie meint.

»Ich will's ausprobieren«, fährt sie fort.

Jetzt begreife ich.

»Mit Petra?«

»Nein. Um Gottes Willen.« Sie kichert leise. »Wenn, dann mit einer, die ich nicht kenne.«

Die Idee kommt mir noch, während sie das sagt. Aber ich warte einen längeren Augenblick, bevor ich die Worte ausspreche.

»Ich besorg uns eine.«

»Was?« Tanja glaubt offenbar, nicht richtig gehört zu haben.

»Ich besorg uns 'ne Hure.« Ich beginne, mich langsam in ihr zu bewegen.

Sie stöhnt leise auf.

»*Jetzt*?«, keucht sie.

»Ja, jetzt.« Ich stoße fester zu. »Okay?«

Sie sagt nichts.

»Okay?«, wiederhole ich. »*Okay*?«

Es dauert eine Weile, dann ist ein undeutliches Ja zu vernehmen.

»Wirklich?« Ich ändere den Rhythmus, bewege mein Becken jetzt spielerischer, necke sie ein bisschen mit der Eichel, um dann urplötzlich so tief wie möglich einzudringen.

»Ja. *Ja*, verdammt«, ruft sie aus und fängt nebenher an, es sich selber zu machen.

Ich höre nicht auf sie zu ficken, lasse erst von ihr ab, als sich ihr Orgasmus abzuzeichnen beginnt.

»Okay, ich brauch deine Wohnungs- und deine Autoschlüssel.« Ich setze mich auf.

»Gott, das ist Wahnsinn«, sagt Tanja. Aber das Glimmen in ihren Pupillen straft ihre Worte Lügen.

In dieser Sekunde findet sie mehr als Gefallen an dem, was ich vorhabe. Ich muss nur schnell genug sein. Ich beeile mich, in meine Klamotten zu steigen.

»Hör zu, du wartest hier, nackt wie du bist, und verlässt das Bett höchstens zum Pissen. Ich bin in 'ner halben Stunde zurück.«

Ich stecke mir zwei Bier in die Jacke, gebe ihr einen Kuss und mache, dass ich aus der Wohnung komme. Dankenswerterweise weiß ich noch, wo sie die Karre geparkt hat.

Obwohl ich das Gaspedal am liebsten bis aufs Blech durchtreten würde, bemühe ich mich, nicht schneller als sechzig zu fahren. Das Gift sorgt zwar für vollkommene Klarheit im Kopf, aber mit den Bullen möchte ich mich jetzt trotzdem nicht auseinandersetzen. Zum Glück sind es bis zur Reeperbahn nicht mehr als drei Kilometer. Ich parke im Halteverbot, öffne mir ein Bier und stiefle zur Davidswache hinüber.

Und da stehen sie. Sicher zwei Dutzend – starr aufgereiht im nicht abreißen wollenden Strom der Amüsierwilligen. Knie und Knöchel nah beieinander, die Arme am Körper, die Hände in den Taschen ihrer wattierten Westen. Beim Näherkommen registriere ich zum ersten Mal mit aller Deutlichkeit, wie *jung* diese Frauen sind. Die meisten sehen aus, als wären sie nicht älter als zwanzig. Ich muss an meinen ersten und bisher einzigen Besuch bei einer Prostituierten denken, an das sich anschließende Gefühl der Leere, den tagelangen Selbstekel, und bin kurz davor, einen Rückzieher zu machen. Aber dann schiebt sich Tanjas Gesicht vor diese Erinnerung und mir wird klar, dass ich mich zusammenreißen, dass ich das hier *durchziehen* muss. Es wäre nicht nur blamabel, wenn ich allein zu ihr zurückkäme, es würde die aufgebaute Spannung komplett *auf Null* zurückfahren.

Um die Aufmerksamkeit auf mich zu lenken, reichen mein Geschlecht und der Umstand, dass ich den Gang verlangsame.

Noch bevor ich mir einen Überblick verschaffen kann, spricht mich die erste an. Blonde Haare, stupides Gesicht, der zu erwartende norddeutsche Dialekt.

»Na, Macker, wie wär's? 'N büschen Gesellschaft?«

Als ich mein Sprüchlein aufsage, reagiert sie abweisend.

»Nee, Alda, mit Frauen mach's ich nich'. Da suchste dir besser 'ne andere.«

Auch bei den nächsten beiden habe ich kein Glück.

Obwohl mich das leicht panische Empfinden überkommt, mir würde langsam die Zeit weglaufen, zwinge ich mich, es vor dem nächsten Versuch ruhiger angehen zu lassen. Ich wehre alle Anfragen ab und sondiere die Reihe, bis ich ein Mädchen entdecke, das sich von den anderen durch etwas unterscheidet, das ich eher gefühlsmäßig wahrnehme, als dass ich es benennen könnte. Erst als ich ihr gegenüberstehe, weiß ich was es ist: die trotzige Art mit der sie ihren Kaugummi im Mund hin und her bewegt.

Nachdem ich ihr gesagt habe, was ich will, überlegt sie eine Weile.

»Ich weiß nich'. Wo issen das?«

Ich nenne ihr Straße und Stadtteil.

»Und wie komme ich wieder zurück?«

»Ich zahl dir ein Taxi.«

»Okay, 'n Hunni«, sagt sie und sieht für den Bruchteil einer Sekunde so aus, als würde sie mit ihrem Kaugummi eine Blase formen wollen.

Hundert sind mehr, als ich einkalkuliert habe. Dazu kommt noch der Schein für das Taxi. Aber bei der begrenzten Auswahl kann ich mir Feilschen einfach nicht leisten. Mal ganz davon abgesehen, dass ich mich mit den gängigen Preisen für den verlangten Dienst ohnehin nicht auskenne.

Im Wagen kommt mir die Situation mit einem Mal völlig unwirklich vor. Ich steuere mit ausreichend Promille ein Auto, das mir nicht gehört, durch eine fremde Stadt und habe eine Hure neben mir, die vor meinen Augen gleich ein anderes Mädchen sexuell bedienen wird. Ich brauche unbedingt eine weitere Linie Kokain, aber der Stoff liegt in Tanjas Wohnung. Wenigstens habe ich noch Bier. Ich trinke die Flasche leer, die ich in der Hand halte, und lasse sie hinter mir auf den Boden fallen. Dann ziehe ich die zweite aus der Jacke und reiche sie meiner Beifahrerin.

»Hast du 'n Feuerzeug?«

Sie hat. Mit einem satten Ploppen löst sich der Kronkorken vom Glas. Aus den Augenwinkeln beobachte ich, wie sie einen Schluck nimmt, bevor das Bier zu mir zurückkommt.

Ich würde gern Musik hören, habe den CD-Wechsler aber schon auf dem Hinweg nicht in Gang bekommen. Und so greife ich auf die banalste aller Fragen zurück, um die nervtötende Stille zu durchbrechen: »Wie heißt'n?«

»Jasmin«, kommt es betont gelangweilt zurück.

Den Nachsatz *Und wie heißt du wirklich?* verkneife ich mir. Stattdessen mache ich eine Bemerkung über die *Scheißkälte da draußen* und wie ätzend es doch sein müsse, sich bei einer derartigen Wetterlage die Beine in den Bauch zu stehen. Dabei halte ich ihr noch mal die Flasche hin. Ich habe schon gelungener Konversation gemacht, aber Jasmin scheint sich an meinen Plattitüden nicht zu stören.

»Ja, Spaß is' echt was anderes«, sagt sie ungerührt, bevor sie sich das Bier an die Lippen setzt. Dann fragt sie, ob ich 'ne Kippe für sie habe.

Ich kann in die Parklücke einscheren, die ich beim Wegfahren verlassen habe. Danach lästiges, zum Glück nicht allzu langes Herumprobieren mit den Schlüsseln, dann stehen wir im Flur.

»Warte kurz«, sage ich, weil ich erst nachsehen will, wie Tanja drauf ist, bevor ich ihr unseren Gast präsentiere. »Ich komme dich in zwei Minuten holen, und dann läuft es folgendermaßen: Wir geh'n zusammen rein, du ziehst dich aus und kümmerst dich um meine Freundin. 'N bisschen Lecken und 'n bisschen Fingern sollte reichen. Hauptsache kein langes Gequatsche.« »Am besten *gar* kein Gequatsche«, füge ich hinzu, weil ich mich nur zu gut daran erinnern kann, wie nervig das Gelaber war, mit dem ich damals im Bordell bedacht worden bin.

»Ist gut«, sagt Jasmin und schiebt ihren Kaugummi von einer Seite zur anderen, was mich zu der Überlegung bringt, ob sie das Teil auch während des *Jobs* im Mund behält.

Ich habe die Hand schon an der Klinke, als mich ein leises *hey* noch mal herumfahren lässt.

»Ja?«

»Das Geld!«

»Kriegst du sofort, wenn ich zurück bin.« Ich habe keine Lust, dass sie mit der Kohle stiften geht, während ich sie allein lasse.

Tanja sitzt rauchend auf dem Bett. Sie hat die Beine angezogen und sich die Decke um den Leib gewickelt. Als ich eintrete, sieht sie ängstlich zu mir auf. Dieser Blick verändert sich schlagartig, nachdem ich die Tür hinter mir geschlossen habe. Aus Sorge ist Erleichterung geworden.

»Hey, kein Glück gehabt?!«, sagt sie und gibt sich dabei redlich Mühe, die Freude über meinen vermeintlichen Fehlschlag nicht allzu stark durchschimmern zu lassen.

»Doch«, entgegne ich und trete zu ihr. »Sie wartet draußen.«

»Scheiße.« Tanja stößt Rauch aus. »Ich hab Schiss.«

»Musst du nicht. Sie ist nett.« Ich lasse mich neben ihr nieder und streiche ihr sacht über den Arm.

Aber das ist die falsche Strategie. Tanja sieht kein bisschen entspannter aus.

»Hör zu, ich schick sie wieder weg«, sage ich deshalb. »Ich gebe ihr das, was ich mit ihr ausgemacht habe, und dann ruf ich ihr 'n Taxi.«

Das zieht. Beinahe sofort zeigt sich ein entschlossener Zug um Tanjas Mundwinkel.

»Nein, bring sie rein. Sag mir nur noch schnell, was ich machen soll.«

»Nichts. Lehn dich zurück und lass *sie* machen. *Genieß* es einfach.«

»Okay, aber leck mich vorher 'n bisschen ... Ich will schließlich den Unterschied spüren.« Sie kichert.

Ich ziehe ihr die Decke weg.

Als ich die Tür zum Flur öffne, sind aus den zwei Minuten fünf geworden.

»Shit, ich dachte schon, du kommst gar nicht mehr raus«, mault Jasmin.

Ich überhöre das einfach und winke mit dem Hunderter in meiner Hand. Sofort erhellt sich ihre Miene. Sie schiebt den Schein in die Vordertasche ihrer Jeans und tritt durch die Tür.

Tanja liegt, so wie ich sie zurückgelassen habe, mit leicht abgewinkelten Beinen auf dem Rücken, den Kopf auf einem ihrer Kissen. Sie hat den Blick aufmerksam auf das Kaugummi kauende Mädchen geheftet. Und da ist immer noch, besser: *schon wieder* dieses nervöse Flackern in ihren Pupillen. Aber das spielt jetzt keine Rolle mehr.

Ich überlege, ob ich die beiden in irgendeiner Form miteinander *bekanntmachen* soll. Aber Jasmin kommt mir zuvor.

»Hi«, sagt sie und klingt dabei, als hätte sie hier nichts weiter als ein bisschen Fußpflege zu erledigen.

»Hi«, sagt Tanja, etwas weniger lässig.

Während Jasmin sich auszuziehen beginnt, setze ich mich an den Couchtisch, um die überfällige Nase vorzubereiten. Ich bin fest entschlossen, mich dabei nicht ablenken zu lassen – zum einen, um Tanja und Jasmin erstmal ein bisschen Ruhe zu gönnen, zum anderen, um eine Abgeklärtheit vorzutäuschen, die ich in Momenten wie diesem tatsächlich gern hätte. Aber dann kann ich mich noch nicht mal für zehn Sekunden beherrschen. Verstohlen hebe ich den Blick und sehe Jasmin aus ihrem Höschen steigen. Ihr Körper ist perfekt – schlank und straff, mit mittelgroßen, formvollendeten Brüsten und einem dazu passenden Apfelarsch.

Einen Augenblick lang fühle ich mich wie ein ganz Anderer, wie irgendein x-beliebiger Großkotz, dem es bereits zur *Normalität* geworden ist, die Puppen tanzen zu lassen, und dieses Bild ist in seiner Verkommenheit gleichzeitig so absurd wie befreiend, dass ich kurz davor bin, in Gelächter auszubrechen. Dann verliert sich die Vorstellung wieder und macht einer näherliegenden Regung Platz. Ich werde geil. Ich beeile mich mit dem Koks. Dann lehne ich mich zurück und genieße die Wirklichkeit.

Jasmin ist bereits bei der Arbeit, lässt Mund und Hände über den ihr bis eben noch unbekannten Körper gleiten. Tanja hat den Kopf zurückgeworfen und hält die Augen geschlossen. Der Frequenz ihres Atems ist zu entnehmen, dass sich ihre Verkrampfung langsam zu lösen beginnt. Unbeobachtet wie ich bin, dauert es keine Minute, bis ich mir die Hose aufgeknöpft habe und meinen Schwanz in der Hand halte.

Als Jasmins Gesicht zwischen Tanjas Schenkel abtaucht, lasse ich noch eine kurze Frist verstreichen, dann begebe ich mich ans Kopfende des Futons, gehe in die Knie und drücke Tanja meinen Steifen an die geöffneten Lippen. Sie schnappt nach dem Stück Fleisch wie ein Karpfen nach Weißbrot und beginnt augenblicklich zu lutschen.

Ich betrachte sie eine Weile, weide mich an dem Ausdruck der Lust in ihrem Gesicht. Dann schweift mein Blick zu Jasmin, die immer noch dabei ist, Tanja zu lecken, zusätzlich aber die Finger ihrer rechten Hand zu Hilfe genommen hat. Ich mustere ihren gekrümmten Rücken, ihren aufragenden Arsch, dann greife ich ihr ins Haar, zwinge sie sacht, den Kopf zu heben.

»Ich will dich ficken!«, sage ich, als sich unsere Augen treffen.

Sie sieht kein bisschen überrascht aus, wirkt eher so, als hätte sie auf diese Aufforderung bereits gewartet.

»Hundert drauf. Aber mit Gummi«, sagt sie.

»Scheiße«, entfährt es mir, wobei dieser Ausruf nicht der Kohle gilt. Ich habe noch an die Zweihundert im Portemonnaie. Und die würde ich Jasmin, wenn sie es verlangen würde, meinetwegen auch *komplett* hinblättern, so dringend, so *unaufschiebbar* ist der Wunsch, die herrschende Konstellation um eine Variante zu erweitern. Aber *Kondome* habe ich keine bei mir.

Jasmin begreift das Problem sofort. Sie wedelt mit der freien Hand in Richtung ihrer Klamotten.

»In meiner Jeans.«

Daran, dass sie mir zu teuer sein könnte, scheint sie nicht einen Gedanken zu verschwenden.

Ich stehe auf, greife nach dem auf alt getrimmten Stoff und fahre in eine der Vordertaschen. Meine Finger finden sofort, was sie suchen.

Ich pelle den Gummi aus seiner Verpackung und ziehe ihn mir über.

Da ich davon ausgehe, dass Jasmin vor Erregung nicht unbedingt triefen wird, verteile ich ein bisschen Speichel auf der Latex-Haut, bevor ich in sie eindringe. Normalerweise würde mich das Wissen, dass sie hier ihrem *Beruf* nachgeht, vollkommen abturnen. Aber da ist Tanja, deren Gesicht ich beobachten kann; ein Gesicht, das von offenkundigem Vergnügen kündet – und das verändert alles.

Als Tanja dann allerdings kommt, verliert sich mein Interesse blitzartig.

Während sie noch Atem schöpft und Jasmin sich bereits anzieht, streue ich für uns drei die entsprechende Menge Pulver auf.

»Soll ich dir schnell noch einen blasen?«, fragt Jasmin, nachdem sie ihre Portion ohne größere Umschweife weggezogen hat.

»Nein«, sage ich und gebe ihr die fehlende Kohle, plus zwanzig für den Rückweg. Dann bitte ich Tanja um die Nummer eines Taxi-Unternehmens.

Nachdem Jasmin verschwunden ist, macht sich Ausgelassenheit breit.

»Wow, das war echt gut. Das war wirklich 'ne *Erfahrung*«, sagt Tanja und nimmt einen Schluck von meinem Bier.

Ich muss an die Zeitspanne denken, die Jasmin auf dem Flur verbringen musste.

»Nur gut, dass Petra nicht gerade nach Hause gekommen ist, als unsere Besucherin vor deiner Tür gewartet hat.«

»Nur gut, dass sie danach nicht in mein *Zimmer* gekommen ist.« Tanja will gar nicht mehr aufhören zu lachen.

Später kommt ihr die Idee, ein paar Fotos von uns zu machen, während wir es miteinander treiben.

Erst lichtet sie ausgiebig meinen Steifen ab, dann will sie im Liegen ein paar Bilder von mir schießen, während ich sie ficke. Da diese Perspektive allerdings nur bedingt etwas hergibt, schlage ich ihr vor, dass sie *mich* das machen lassen solle. Erst will sie nicht, aber nachdem sie mir das Versprechen abgenommen hat, dass man auf keinen Fall ihr Gesicht zu sehen bekommen wird, überlässt sie mir die Kamera dann doch. Nachdem ich eine kurze Einweisung erhalten habe, fotografiere ich sie in allen nur erdenklichen Stellungen, bis der Film irgendwann voll ist. Als ich sie zwischendurch meinen Schwanz lutschen lasse, ist keine Rede mehr davon, dass ihr Gesicht nicht mit aufs Bild soll.

Wir legen eine Pause ein und machen das letzte Kokain weg. Dann vögeln wir wieder.

»Lass uns aus einem der Fotos 'ne Chiffre-Anzeige basteln«, raune ich ihr ins Ohr. »Wir schreiben 'nen versauten Text dazu, schicken das Ganze an eins dieser schmierigen Sex-Magazine, die nur aus Anzeigen bestehen, und geilen uns an den Antworten auf.« Ich muss an die Szene denken, die sie mir wegen der Idee gemacht hat, sie im Hotelaufzug zur

Schau zu stellen, aber in diesem Moment sind mir ihre Befindlichkeiten herzlich *egal*. Und Tanja selbst offenbar auch.

»Ja, lass uns das tun«, stöhnt sie und krallt ihre Nägel in meinen Rücken.

Es wird später Vormittag, bevor wir endlich zum Schlafen kommen.

XVII

Das erste, was ich wahrnehme, ist Tanjas abgestandener Atem. Ihr Mund steht offen, zwischen ihren Zahnreihen klebt ein Speichelfaden.

Ich stelle zu meiner Überraschung fest, dass es noch hell ist, die genaue Uhrzeit kann ich allerdings nicht ermitteln. Mein Kiefer schmerzt, als ob ich stundenlang auf Metall gebissen hätte; meine Kehle ist staubtrocken; mein Magen leer und wund; über allem liegt ein dumpfes Schuldgefühl.

Eigentlich hatte ich bis morgen bleiben wollen, aber das ist gänzlich undenkbar geworden. Ich muss hier so schnell wie möglich weg. Noch ist der Abturn erst im Anrollen, leckt mit seinen grauen Zungen gerade mal an den Rändern meiner Selbstschutzanlagen. Aber wenn die Hauptlast über mir zusammenschlägt, will ich zwischen meinen Leib und dieses Zimmer den größtmöglichen Abstand gebracht haben.

Vorsichtig schlage ich die Decke zurück, stemme mich in die Höhe und beginne meine Sachen zusammenzusammeln. Ich würde mich am liebsten im Badezimmer oder in der Küche anziehen, möchte aber auch Petra nicht begegnen. Und so wähle ich stattdessen die Ecke des Zimmers, die zum Futon die größte Entfernung aufweist.

Tanja wird trotzdem wach. Ich bin gerade dabei, mir die Schuhe zuzubinden, als sie die Augen aufschlägt.

»Willst du weg?«

»Ich muss.«

Sie scheint nichts dagegen zu haben. Kein zärtlicher Protest, keine Aufforderung zum Kaffeetrinken. Sicher hat sie ein ebenso großes Bedürfnis nach Isolation wie ich selbst.

»Es war schön mit dir«, sage ich und merke selber, wie jämmerlich das klingt. Ich muss mich zwingen, ihr einen Abschiedskuss zu geben.

In der U-Bahn: Panik-Attacken; am Bahnhof: bedrohliches Gedränge, das Bedürfnis Schutz zu suchen; im Zug nur ein Gedanke: *Hanka.* Ich muss sie sehen, muss ihr unbedingt von der Geschichte mit Tanja erzählen. Ich muss den Scheiß irgendwie *loswerden.*

Als ich sie zwei Tage später treffe, hat sich das Bedürfnis, mich ihr zu offenbaren, nicht verloren. Ich sehe eine Altmänner-Runde und ich sehe Tanja, die ich in den Raum führe, den sabbernden Mäulern wie angekündigt als *perfekt dressierte Dreiloch-Stute* präsentiere. Und dieses Bild erfüllt mich mit Widerwillen.

»Na, wie war's in Hamburg?«

»Ganz okay«, entgegne ich vage. Ich möchte zwar einiges, aber nicht *alles* preisgeben.

Und dann erzähle ich von Tanja und mir, wobei ich strikt darauf achte, so zu tun, als spräche ich über etwas, das bereits ein paar Monate zurückliegt. Mit den Details komme ich nur insoweit über den Tisch, als sie mir für den *groben* Eindruck erforderlich scheinen. Hanka hört schweigend zu, bis ich zum Ende gekommen bin. Dann fragt sie: »Und wieso habt ... Wieso hat es aufgehört?«

»Weil ... weil es *krank* wurde. Weil es gefährlich ist, sämtliche Phantasien auszuleben. Und ... weil, wir uns nicht geliebt haben.«

Sie nickt.

»Meinst du, es wird je wieder anfangen?«

»Nein«, sage ich, und dabei steigt ein Gefühl der Reinheit in mir auf, das mir, so beschämend es auch sein mag, vor seliger Wonne fast die Kehle zuschnürt. Ich habe abgeschworen. Ich bin *geläutert*.

»Und jetzt?«

Ich brauche eine Weile, um meine Antwort zu formulieren.

»Mir genügt es, glaube ich schon, dass du weißt, was passiert ist. Meinst du, du kannst damit, äh, irgendwie *umgehen*?«

»Ich weiß nicht. Ich kann's nur versuchen«, sagt sie. Und dann, nach einer Pause: »Du musst mir allerdings eins versprechen.«

»Ja?«

»Wir werden das nie wieder erwähnen, okay?«

»Okay«, entgegne ich.

Und dann lächelt sie und sagt: »Und ich hatte schon Sorge, du würdest mich nicht attraktiv genug finden.«

An diesem Abend schlafen wir zum ersten Mal miteinander.

Natürlich ist es anders als mit Tanja, unbeholfener, nahezu keusch, auf eine rührende Weise entschleunigt. Aber es ist auch zärtlicher, eindringlicher, und es zeigt sich, dass Hanka in der ihr eigenen offenen Art durchaus Spaß daran hat.

Als ich am nächsten Morgen in meine Wohnung fahre, ist da nichts als ihr glückliches Lächeln hinter meinen Pupillen.

XVIII

Vier Wochen und zwei Tage später stehe ich wichsend in der Toilette eines ICE. Das träge Dahingleiten hat die berauschenden Visionen in meinem Hirn derart *zwingend* werden lassen, dass ich es entgegen meiner sonstigen Gewohnheit nicht geschafft habe, mich zu beherrschen.

Gerade als sich mein Sperma auf die zwei grauen Papierhandtücher ergießt, die ich in der Linken halte, verrät mir ein Signal meines Mobiltelefons, dass ich eine Kurznachricht erhalten habe.

Ich schmeiße das zusammengeknüllte Papier in den Abfallkorb, fummle mein Handy aus der Hosentasche und betätige die erforderlichen Tasten.

Die Nachricht ist von Hanka: »Ich vermisse dich«, schreibt sie. »Ich vermisse Dich und sehne mich Deiner Rückkehr entgegen. Küsse und ganz viel Spaß mit Deinen Freunden.«

Noch eine knappe Stunde bis Hamburg.

238 Seiten
13,90 € (D)

Jan Off

Ausschuss
Roman

Ein beinamputierter Drogenhändler mit Tendenz zum Vorruhestand, ein schmalbrüstiger Jungspund mit einer Vorliebe für zu grobe Frauen, eine Amazone mit Kopfnussqualitäten – alle drei vom Pech reichlich bedient, auf dem Weg Richtung Verfallsdatum – das sind die Hauptfiguren in Jan Offs großen Roman, der nun in einer neuen Auflage bei Ventil vorliegt.

In der namenlosen Großstadt, in der »Ausschuss« spielt, zeigt sich die Welt von ihrer unangenehmsten Seite.
Hier ist der Titel Programm: Die Menschen, die sich darin bewegen, haben sich längst abgekoppelt von irgendeiner Normalität, die nicht einmal mehr als Hintergrund auftaucht: Schlägereien in Diskos und hinter Müllcontainern, Betrug und Gegenbetrug, Drogendeals und Sex, das Leben der Drei ist gleichermaßen abgründig wie gefährlich. Einmal mehr lässt Trashikone Off gut abgehangene Verlierer zum bizarren Überlebenstraining antreten. Und einmal mehr gilt: Den anderen beim Scheitern zuzusehen, ist immer erhebend.

156 Seiten
9,90 € (D)

Jan Off

Vorkriegsjugend
200 Gramm Punkrock

Goldene Tage waren das Mitte der Achtziger, als gefärbte Haare und zerrissene Klamotten bei Eltern, Lehrern und deinem Gegenüber in der Straßenbahn noch echte Empörung auszulösen vermochten. Eine Zukunft sollte es nicht geben – das hatten zumindest die Großmächte versprochen. Wozu also die knappe Zeit mit einer Berufsausbildung vergeuden?! War es nicht wesentlich sinnstiftender, das ungeheure Angebot an Rauschmitteln zu verkosten, dabei weitere Nieten in die Lederjacke zu schrauben und die Regler der Anlage hochzureißen, damit auch die Nachbarn den neuen ›Soundtrack zum Untergang‹ genießen konnten?

Ja, natürlich war es das! Aber bis der lang ersehnte Irokesenschnitt endlich das notwendige Stehvermögen besaß, mussten nicht selten zahlreiche Hürden genommen werden.

Der Roman »Vorkriegsjugend« würdigt eine Dekade, die so furchtbar gern kalt sein wollte, sich im Vergleich zum nachfolgenden Jahrzehnt aber als echter Ponyhof präsentiert.

156 Seiten
9,90 € (D)

Jan Off

Angsterhaltende Maßnahmen
Homestories

Mit aufstrebenden Karrieristen, emsigen Kleinfamilien und Optimismus verbreitenden »Du bist Deutschland«-Figuren haben die Geschichten von Jan Off nichts zu tun. Sie führen uns an den Rand der Gesellschaft, an jene Orte, an denen nur die wenigsten freiwillig gestrandet sind. Seine Figuren scheren sich nicht um den allgemeinen Verhaltenskodex, sie haben vielmehr gelernt, ihren eigenen zu leben. Doch genau diese Weigerung, sich anzupassen, führt sie in manchmal absurde, manchmal gefährliche, immer aber höchst amüsante Situationen.

288 Seiten
16,90 € (D)

Wenzel Storch

Der Bulldozer Gottes

Willkommen in der wunderbaren Welt von Wenzel Storch, dem Regisseur und Produzent der »seltsamsten« (Der Spiegel), »tollkühnsten« (Rolling Stone), »wagemutigsten« (Szene Hamburg), »exzentrischsten« (Geo) und »extremsten« (Sarah Kuttner) Filme Nachkriegsdeutschlands.

Das hier versammelte literarische Werk des psychedelischen Visionärs enthält nicht nur über eine Viertelmillion Buchstaben, sondern auch unzählige Abbildungen aus seinem legendären Schmuddelbildchen-Archiv – eine höchst amüsante Symbiose aus christlichem Kinderzimmer und halluzinogenen Drogen.

140 Seiten
9,90 € (D)

Almut Klotz / Rev. Christian Dabeler

Tamara und Konsorten
Erzählungen

Die alte Tante Realität ist auch nicht mehr das, was sie mal war. Was tut man, wenn der Geliebte verschwindet und als Katze wiederkehrt, wenn selbst Puzzles einen nicht zur Ruhe kommen lassen, wenn das Künstlerdasein auf der Buchmesse zu zerschellen droht – schlicht, wenn das Leben sich so absurd in einen einschreibt, dass eine normale Existenz nicht mehr möglich scheint? Tamara und Konsorten suchen keine Solidarität und haben keine Lobby. Doch genau dadurch entsteht eine ganz eigene Idee von Freiheit.

Wie das alles zusammengeht und was dabei herauskommt, das erklären Ihnen hier auf äußerst amüsante und anarchische Weise Almut Klotz und Rev. Christian Dabeler.

172 Seiten
11,90 € (D)

Bertie Marshall

Berlin Bromley

England im Jahr 1976. Bertie Marshall ist 15 Jahre alt und beschließt, sich von nun an Berlin Bromley zu nennen. Berlin wegen der Hauptstadt der Goldenen Zwanziger, Bromley nach dem provinziellen Vorort, in dem er und seine Eltern wohnen.

Doch Bertie ändert nicht nur seinen Namen, sondern seine komplette Identität. Aus dem schüchternen Jungen wird ein exzentrischer Selbstdarsteller. Zusammen mit Siouxsie Sioux und den Sex Pistols taucht er in die neue Subkultur des Punk ein, hat sein schwules Coming out und landet auf dem Straßenstrich.

Selten ist das Umbruchjahr 1976 so poetisch, intim und zugleich abgründig in Prosa gefasst worden.

Mit einem Vorwort von Boy George

204 Seiten
12,90 € (D)

Alexander Wall

Hotel Monopol
Roman

Ein Café in einer norddeutschen Großstadt.

Doch es handelt sich nicht um ein gewöhnliches Café, in dem Schüler vormittags ihre Stunden schwänzen. Inmitten des Rotlichtviertels gelegen, zieht es all die enthemmten, verrückten und manchmal auch gefährlichen Gestalten aus der Nachbarschaft an. Sie greifen in das Leben des Betreibers ein, als ob es ihr eigenes wäre.

Mal witzig, mal erotisch, aber immer überraschend verlaufen die großen und kleinen Geschichten, die Alexander Wall zu einem großen, nicht mehr ganz fleckenlosen Teppich verwebt.